献给深圳经济特区

的建设者！

深圳叙事

李立 著

国际文化出版公司
·北京·

图书在版编目（CIP）数据

深圳叙事 / 李立著 . — 北京：国际文化出版公司，2022.1
ISBN 978-7-5125-1352-5

Ⅰ . ①深… Ⅱ . ①李… Ⅲ . ①叙事诗－中国－当代 Ⅳ . ① I227.3

中国版本图书馆 CIP 数据核字（2021）第 209928 号

深圳叙事

作　　者	李　立
责任编辑	戴　婕
特约编辑	罗路晗
装帧设计	鸿儒文轩
出版发行	国际文化出版公司
经　　销	全国新华书店
印　　刷	三河市华东印刷有限公司
开　　本	880 毫米 ×1230 毫米　　32 开 6.5 印张　　　　　　　　100 千字
版　　次	2022 年 1 月第 1 版 2022 年 1 月第 1 次印刷
书　　号	ISBN 978-7-5125-1352-5
定　　价	48.00 元

国际文化出版公司
北京朝阳区东土城路乙 9 号　　　邮编：100013
总编室：(010) 64271551　　　　传真：(010) 64271578
销售热线：(010) 64271187
传真：(010) 64271187-800
E-mail: icpc@95777.sina.net

蝶　变（自序）

1

母亲说，我小时候胃口好长得快
晚上饿得辗转反侧时
她就煮一碗南瓜给我充饥
我便能酣然入睡
一觉能睡到太阳晒屁股
这些事儿我一概打包退还给了时间
可我的大胃十分重情——
迄今，见到南瓜和红薯依然是热情拥抱

我从没想过要成为一只翩跹起舞的彩蝶
她扇动七彩的翅膀，着实迷人

可我却与小渔村
与那个瘦弱的时代、与那个时代的人们一样
有一个梦——
挣脱贫穷巨大的黑洞

2

1989年，对于崇尚自强不息的我
是一个刻骨铭心的年份
我将走出校园
诗歌，赐予我一个热得烫手的远方
——这是我第一次南下
走出广州火车站
我无暇顾及那些在街上默默行走的同龄人
钻进一辆的士，坐标为广州汽车站

司机在陌生的街巷兜了十几分钟后
又回到我眼熟的地方——
后来我才知道
原来汽车站离火车站只有百十米远的距离
司机继续给乡巴佬挖坑
——报账时财务说的士票是假的

多年以后,好些朋友但凡提及广州火车站的
脏、乱、差
胃里总是酸水翻涌——
那是时代之痛

3

从广州到宝安
一路上被卖了三次"猪仔"
(三十多年后,我在南非旅游
邂逅一位云南老板
他每每忆起当年在东莞被卖"猪仔"
两个黑面大汉凶巴巴地一脚把他踹下中巴车
他的屈辱感就像陈年旧疾
——隐隐作痛)

六月某天的傍晚
夕阳把宝安县城湖滨路上的簕杜鹃
洗濯得分外艳红,我禁不住心花怒放

这种燃烧的颜色

已浸入我的血管和骨髓，温暖、吉祥、喜庆
蕴藏着生机和希望
我有一份与生俱来的喜爱
有人说，红色能辟邪
可以驱逐魑魅魍魉和厄运

但有些事情，总会不期而至
令人难堪和伤悲
生活常给我惊喜，也给我无法拒绝的沮丧

4

"宝安只有三件宝，
苍蝇、蚊子、沙井蚝。
十屋九空逃香港，
家里只剩老和小。"
这是改革开放前宝安县流传的一首民谣

我刚来时，宝安县城还十分破旧
步行半小时
就能从城东走到城西，从城北踱到城南
深圳也很青涩

满脸青春痘似的坑坑洼洼
一眼望去,皆是高高低低的脚手架

我就如同南国的六月天般热烈
胸中藏着一颗炙热的太阳
名曰夏炎炎*

新的人、新的天、新的城市、新的事物
新的一天
一切都是崭新的篇章

5

宝安人酷爱喝早茶
我慢慢地也爱上了,尤其喜欢白云凤爪
脆爽、酸酸甜甜
瞧着那奶白色的外表,晶莹剔透
就能令人食欲大开

有一次,一个镇的建筑工地发生塌方事故

---

* 夏炎炎,作者的笔名。

为避免二次伤害
人们用手刨、锄头挖、高压水枪冲刷
展开绝地救援
最先映入人们焦急的眼中的
是水枪冲洗干净的五根失去血色的脚趾
阳光下
像极了白云凤爪

从此,我跟我的这一爱好分道扬镳了
(期间,我的大胃
经受不住方便面成年累月的狂轰滥炸
受了伤)

6

一位老人在南海边画的这个"圈"
像叱咤的风火轮一样
燃烧、跳跃、舞蹈、翱翔、魔幻
吸引着数百万打工仔打工妹
他们背井离乡
把深圳作为命运的跳板
不仅仅是图自我升华

也承载着一个个家庭的殷切期盼

他们在流水线、工地、脚手架上
夜以继日，分秒必争
播种青春播洒汗水
尽管爱情饥荒，精神和物质上也常常歉收
有时失去天、地、风、雨、健康、世界
甚至未来
　却对深圳恋恋不舍、不离不弃

7

当初，深圳仿佛一条贪吃的毛毛虫
快速增肥壮大
是蝶化必备的前提条件

1992年宝安撤县设区
我调去筹建《深圳劳动时报》
期间，我的文字
常常离不开打工者的视角
离不开他们的苦与累、喜与悲
我的目光要越过资本、财税、人性和繁荣

越过辽阔和虚幻
与他们一起高兴、欢笑、流泪、悲伤

这时我才明白
自己其实就是他们当中的一员
——同呼吸、共命运

8

我离开了报社
也以"不看不写不与文学保持任何联系"的方式
忍痛离开了文学

去了银行
在深圳,我从一个摇旗呐喊者
蜕变成建设者
背负着各种各样的考核指标——
看得见摸得着的负重
建筑工地、工厂矿场、车站码头、医院商城
都曾留下过我的足迹
或轻、或重
或深、或浅

有雪中送炭,更多的是锦上添花

我不搬砖不搬瓦
我是改革开放的搬运工
搬运岁月、沧桑、生活、人情、财富、文明
搬运春风
搬运自己的前程和家人的温饱

搬运诚信和欺骗、现实和虚幻、过去和将来

9

我的爱情如期开了花、结了果
在水泥森林筑起巢穴
还收获过笑靥、鲜花、掌声、奖赏、尊严
还有失败、沮丧、泪光
也收获疾病
在时代的慷慨馈赠中
一天一天变老

小渔村已挣脱茧衣
璀璨绽放

仿佛深深扎根黄土地的荔枝树
葱翠、坚韧,拒绝张扬
太平洋的热带高压台风常常把椰王树、凤凰木
这些"王凤"拦腰折断
风暴过后,深圳的市树安然无恙

大海有光彩夺目的珊瑚和数不胜数的鱼虾
但下过海呛过水的人,心中有数
大海最富裕的是苦涩

10

宝安国际机场启用
深南大道、北环大道、滨海大道剪彩通车
出行方便,回家快捷
我丢失过山地自行车、摩托车
搬过七次家
更换过十个工作地点
这是深圳和她的市民共同的阵痛
必须经受的蜕变

阳光下高楼大厦鳞次栉比

街道流金溢彩、鲜花光彩夺目

依偎在她宽容的、辽阔的、温暖的怀抱

随她呼吸

南海的风轻轻吹拂

诗歌的因子再次撩拨我的心弦——

二十五年后

为自己，也为深圳

一首诗歌正挣脱茧子，振翅而出……

像一只蝴蝶，张开了七彩翅膀

11

那个时代如火如荼

那个时代离我们渐行渐远

那个时代也许不再回还

那个时代唯有缅怀

那个时代像深圳的最高峰——梧桐山*

珠穆朗玛峰是她的远方……

---

* 深圳最高山，山上有寺院。

我坚信,你的远方不会在我的目光里
我的远方不会在太阳升起的地方

2020.7.21 深圳

目　录
Contents

001 >>> 蝶　变（自序）

001 >>> 孺子牛

006 >>> 深圳叙事

104 >>> 深圳叙事 · 跋

115 >>> 深圳最不应该遗忘的拓荒牛

128 >>> 那一夜，蛇口花店里的菊花一概免费

142 >>> 深圳抒情

165 >>> 她在，故我在（后记一）

173 >>> 至少，我还有诗和远方（后记二）

孺子牛

翅膀拍打海风
如闪电
击鼓般铿锵的扑棱声
撼山动地
那是喷薄血性,渴望蓝天
炽热的拥抱,那是奋勇挣脱襁褓
羽翼渐丰,鲲鹏振翅
直面辽阔深邃的苍穹,展开阳光般
犀利之信仰和锋芒

我是鲲鹏的一根羽毛
与深圳一起呼吸、一起心跳、一起呐喊
一起惊涛拍岸
我是梧桐山上一丛贴着红土地生活的

普普通通的桃金娘

在这里经年生长,赤胆忠心

守护着你的每一寸肌肤

我是大鹏湾一个卑微且饱含钙质的建筑工人

挺直钢铁般的腰杆

坚守着鲲鹏的荣辱,任凭风吹浪打

不离不弃、不亢不卑

日月可鉴

我是大鹏所城一块被血浸过的明砖

一片被火噬过的青瓦

血与火无时无刻不在淬炼——

灵魂倒下所要付出的沉重代价

我是那片被台风、被海盗洗劫了千百次

历经磨难,依然坚贞不屈的红树林

铮铮铁骨屹立在南海边

守望着岁月的潮起潮落,雨去风来

始终痴心不改

我是鲲鹏的一根羽毛

哪怕是最轻最细最纤弱的一根

你寒我冷,你热我暖,你屈我辱,你尊我荣

——休戚与共

我是流水线上一颗勤勤恳恳、任劳任怨

永不生锈的螺丝钉,默默耕耘

开拓进取的理想

让梦想穿州过府,漂洋过海

我是烈日下一根百折不挠、顶天立地的脚手架

紧紧握住钢筋水泥蓬勃生长

积极向上的前进方向

我是星空下一盏不知疲倦、风雨无阻

乘风破浪的坚强渔火

闪耀着一个民族勤劳勇敢,

不惧惊涛骇浪的生活信念

我是伶仃洋上空一抹玫瑰一样燃烧

绝不低头的晨曦

把家家户户、老老少少、红红火火的生活

——灿烂点亮

我是成千上万朵从五大洋涌向深圳湾

尽情绽放、激情澎湃的浪花

托举着捷报频传的风帆

一刻不停地为你的骄傲欢欣鼓掌

展开美轮美奂的翅膀吧,深圳

小渔村已变成世界顶级工厂

大鹏湾张开着蓝色手臂

温柔地把游轮搂进宽阔的胸膛

深圳河清澈的歌声里

荡漾着潺潺流水

莲花山,凤凰山,七娘山,笔架山

精心图治、奋发图强的思想

郁郁葱葱,生机勃勃

簕杜鹃兴高采烈地把你腾飞的火红火红的消息

传遍了漫山遍野

大海的蔚蓝

正与头顶的蔚蓝争奇斗蓝

你驾驭蔚蓝的宏伟蓝图

是我作为一根羽毛的殷切期盼

深圳,我是你鲲鹏之躯的

一根小小的

微不足道的羽毛

无论是飞羽覆羽尾羽眉羽翎羽

还是跗跖羽

都是你的诚实子民，只要紧贴着你的肌肤

与你风雨同舟

与你命运相依，生死与共

只要你鲲鹏沸腾的血性依然喷涌

只要你鲲鹏展翅直冲云霄

只要你凌云壮志鹏程万里

只要你无愧于那个翱翔的名字：

鹏

城

2020.7.13

深圳叙事

——题记:假若没有改革开放,深圳现在会是一个什么模样?

难以想象。

1

水的殿堂,必定是大海
那里蔚蓝、辽阔、澄澈、自由、奔腾、汪洋
珠江之水叮叮咚咚
告别云贵高原的乌蒙山
一刻不停地奔向祖祖辈辈的梦想
来到珠江口,胜利在望
却依然行色匆忙
来不及细细品味人们的生活渐渐泛起的血色

无暇顾及大时代的变迁

1989年仲夏，我刚踏上珠江口东岸时
夕阳把簕杜鹃映得格外艳红
绿油油的翠枝在微风中扭动腰肢
处处都显得生机勃勃、活力四射
一切都是既陌生，又亲切
正值弱冠之年的我，兴奋、新奇、惊讶、赞叹

已过完八周岁生日的鹏城
兴致勃勃地满世界探索，步履矫健
这是前人从未经历的大胆尝试
既稀奇、又充满挑战
上层要求深圳经济特区为中国的改革开放
"杀出一条血路来"
这条血路便是中国的现代化之路
决定着家国的兴衰成败
要世世代代毫不动摇地走下去
前方，才有一个积贫积弱的民族的未来和希望

民心所向，青年才俊纷纷加入
孔雀东南飞

从长城内外

从黄河以北、长江以北

来到珠江口、南海边寻梦

那时,急于改变命运的深圳

刚刚从贫穷、饥饿、迷茫、彷徨中苏醒

衣衫有点褴褛、面色还不红润、手头还不宽裕

从宝安去大梅沙,单程坐车需要五个多小时

去东部大鹏镇,叫出差

当天无法往返,可享受下乡补助

条件优越人家,不辞辛劳

喜欢跻去沙头角中英街上采购生活用品

那里的香港物品丰富、时尚

紧跟世界潮流,品质有保障

但不能随便前往

需要去市公安局申办特别通行证

人们往往要想方设法

才能挣脱条条框框的束缚

篱笆刚刚打开,免税店的消费定位

是服务外宾

只接收港币和外汇兑换券

那里的货品好是好

但不是平常人想去就能去的地方

老百姓添置电视、冰箱、空调、电风扇等奢侈品

去西乡集市倒是不错的选项

那里的"水货"琳琅满目、便宜

当时最热的词,是"招商引资"

鼓励村镇、外商个人投资办厂、发财致富

小平同志的"猫鼠论"深入人心:

"不管白猫黑猫,抓到老鼠就是好猫"

猫是好猫,鼠不是好鼠

贫穷不是社会主义

放开手脚创造财富已成全民共识

光明区那时叫公明镇,再加上光明华侨农场

是深圳的"西伯利亚"

这片当年用来安置南洋落难侨民的土地

后来成为深圳经济的新增长点

市民休闲生活的伊甸园

但以前不是

那时人们都在外打工养家糊口

家中只有老和少

我随市县工作队在那里蹲点扶贫半年
主要是解决通路和供水
扭转村民落后的观念,提高思想境界

市委门口的孺子牛雕像,还是当年的老模样
脚踏实地,昂首向东
古铜色的肌腱强劲有力,什么时候见到
都能让深圳人肃然起敬、热泪盈眶
每一个深圳人,不论先来后到
都能从它身上
找到属于自己的修辞……

2

客居他乡的移民,自称客家人
他们常以"坑、潭、洋、坪、圳"等字命名地名
生动、形象、易记
"圳",意即"田边水沟"
因村庄周围水泽密布
田间有一条深水沟而得名深圳
深圳之名始见于明朝永乐八年,清初建"墟"
实则是一个边防哨所,仅有十个驻兵

清朝晚期,政府腐败无能

大江南北乌云密布,长城内外污浊横流

官吏鱼肉乡里,外强屡屡入侵

民不聊生、山河破碎

第一次鸦片战争,签订《南京条约》

向英国割让香港岛

第二次鸦片战争,签订《北京条约》

再向英国割让九龙半岛

1898年中英双方签署《展拓香港界址专条》

租借九龙以北、深圳河以南的土地

为期九十九年

这份丧权辱国的条约,现存于台北双溪故宫博物院

籍籍无名的深圳河

从此成为深圳与香港的天堑

深圳河发源于牛尾岭

流经香港和深圳,自东向西南流入深圳湾

原本名不见经传,是一条无名深沟

明代时曾架设石板和木板,方便两岸乡民往返耕种

自打成为香港与深圳的界河

深圳河从此走进了风雨飘摇的中华历史

辛酸和苦难
在历史的长河里泛滥

一个叫詹天佑的第一批留美学生
主持建造飞架两岸的铁路桥
——罗湖桥
成为中国与世界往来的纽带
当年那少得可怜的美元
就是用蔬菜、鸡蛋、肉类换来的
通过罗湖桥流进干瘪的腰包

深圳河流淌着
中国人民的情与仇，爱与恨
渐渐拓宽的河面和高高矗立的铁丝网
无法阻断骨肉同胞血浓于水的交融

中英街原名鹭鹚径
由梧桐山流向大鹏湾的小河床淤积而成
1899年3月16日，中英两国勘界人员
在干涸的河道上一字排开
东侧为华界沙头角
西侧为英（港）界沙头角

不久，河道两侧出现盖房建屋和摆摊做生意的乡民
渐渐兴旺起来，八十年代初
中英街发展成为全国人民的购物天堂
一块街心石碑
成为可以逾越社会主义与资本主义的分界线

一百多年前，香港还只是一个蛮荒小岛
在南海边自主沉浮
水泽密布、蒿草蓬生、杳无人烟
赤柱、大潭笃、石排湾、阿岩公、水井湾等地
散居着一些讨海为生的渔民
黄泥湾、灯笫洲、七姊妹等地
散落一些小村庄，人口不足三千人
二战后，香港经济搭上资本主义发展的快车
跃居"亚洲四小龙"之首
实现了从"南蛮之地"向"东方之珠"的华丽转身
经济欣欣向荣，人民生活富足
与纽约、伦敦并称"纽伦港"
创造了人类的奇迹

香港的今天，或许就是深圳的明天
这是人们朴实而坚定的期望

1980年8月,党中央高瞻远瞩
划出深圳镇、附城公社等三百二十七平方千米的土地
建立中国第一个经济特区——
深圳经济特区
拉开中国改革开放的帷幕
一个小渔村从此开启向国际大都市的蝶变

锁闭的国门徐徐开启
清新的气息渐渐弥漫神州大地
中国人睁开好奇的双眼、打量世界
欣喜、迷茫、百感交集
开始融入人类现代文明的洪流中
风雨同舟,休戚与共

改革开放伊始,万象更新
那是一个冰雪融化、阳光明媚的春天
那是一个开放包容、充满激情的年代
那是一个觉醒、亢奋、朝气蓬勃、五彩斑斓的年代
那是一个思想自由、百花争艳的年代
那是一个令人嘘唏不已的年代
人们挣脱枷锁、热情奔放

争相张开怀抱
拥抱一切新鲜的阳光和空气

3

选择在深圳河的北岸，画一个"圈"
与资本主义的香港遥相呼应
这不是背靠大树好乘凉
而是我们精心演绎的现代版的草船借箭
需要非凡的魄力和眼光

在政策方面给予前所未闻的支持和扶持
甚至，赋予深圳经济特区立法权
这在这片沉寂已久的土地上
无疑是一次开先河般的创举
不是历史又一次选择了我们
而是我们在痛定思痛之后，举重若轻地
再次创造了历史

蛇口半岛原是一片滩涂和荒野
与香港新界的元朗和流浮山隔海相望
最窄处仅数千米的距离

香港那边的一些生活味道
常常跟随海风漂洋过海来到大南山脚下
走亲访友、嘘寒问暖
当年饥肠辘辘的逃港青年抱着篮球
选择在这里冒死泅渡
不为阶级仇民族恨，只为一身布衣两顿饭
穷陬僻壤的蛇口公社
现在已成为中国改革开放的第一个前哨
是时候邀请他们回来投资了

蛇口的开山炮
不仅唤醒了深圳人，也让香港的同胞
嗅到了机不可失的商机
他们跃跃欲试，心潮澎湃
土地价格和税率优惠、人工便宜
这些都不稀罕，令他们意想不到的是
建好厂房、精心装修、摆好家私
营业执照上门办理，东风已吹进了车间
投资者只需安装好机器
就可以大批生产有利可图的外销商品

工人不用愁，那时的年轻人

渴望被命运改变

数不胜数的年轻力壮的劳动力

他们急于发家致富

急于驱逐这块土地上积聚起来的贫穷命运

港澳台同胞

日本人、韩国人

携带着对财富增值的渴望

纷纷登陆、窥探

对第一批投资办厂者的奖赏

就是滚滚财源

美国人、澳洲人、英国人、德国人、法国人

也不甘落后,这些资本主义的商业机器

培育出来的商人,鼻子格外灵敏

大幅降低生产成本

就意味着赚取更多的利润

把生产车间设在中国深圳,透过香港

不仅辐射世界,更背靠世界第一人口大国

其市场前景广阔,不可估量

春江水暖,一切都是从零开始

摸着石头过河，深圳人的智慧

就像深圳河流淌的河水

清澈不见底、波澜壮阔、滔滔不绝

外商所需要的，就是我们所需要的

外商的不满和批评，就是我们的动力

外商赚钱，同时也为深圳创造财富

想外商之所想、急外商之所急

深圳人创造性的服务意识

在八十年代的中国

竖起新的标杆，影响深远

从无到有的过程

是痛苦的，也是幸运的

是一种生命的煎熬，更是一种灵魂的重生

4

要想富，先修路

深圳建市之初，全市只有两条水泥道路

——人民路和解放路

深南大道的前世是一条碎石土路

是通往南头、宝安、东莞、广州的唯一途径

两旁遍布稻田、鱼塘、荒丘、坟地

还有日本人当年修筑的碉堡

下雨天水洼遍布，泥泞坎坷

天晴时风干路燥，飞沙走石，黄尘飞扬

让人忧心好不容易请来的港商

会被这漫天灰尘"呛回去"

于是寒碜的土路开始铺沥青

第一个踏上深圳的"陆丰建筑第六施工队"

承接了开路的任务

挥手写下深圳创业史的第一笔

那时的中国人民一穷二白

深圳也穷得叮当响

1979 年深圳市的 GDP 才 1.9 亿元人民币

没有挖掘机械、没有运输汽车

挥动锄头挖，肩扛手提

发挥一种古老而行之有效的战术

——人的海洋蕴藏着无穷无尽的力量

六百个施工队员推着板车拉走成千上万吨土石方

没有洒沥青的洒油机

他们就因陋就简用铁皮焊一个土漏斗

挑灯夜战、风雨无阻

以坚韧不拔的毅力战胜一切困难

改造恶劣的自然环境
很难。但要改造人的落后观念,更难
深南大道要从蔡屋围穿村而过
村民以破坏风水为名联名反对
有个叫梁湘的第一代拓荒牛,考察完新加坡
目光超前地提议把路宽设计为一百米
引来"深圳是败家子"的质疑
最后通过反复争取,把路宽设计定为六十米
1980年这段两公里长的道路正式通车
成为深圳经济特区的"奠基礼"
深南大道开启一个小渔村向国际大都市的蝶变
一条道路成全了一个城市的传奇

现在的深南大道宽敞、平坦
分为深南东路、深南中路和深南路
经过多轮改造和升级,焕然一新
摩天高楼、绿树红花、车水马龙
素有"深圳第一路"之称
是炙手可热的财富大道,黄金通道
铺路的沥青玛蹄脂碎石混合料

吸尘能力强，行车噪音小
而且经久耐用
与走在全球绿色革命前列的欧、美、日等同步
像一条珍珠项链上的金丝线
把国贸大厦、地王大厦、上海宾馆、市民中心
平安金融中心、锦绣中华、世界之窗、高新技术区
深圳大学、南头古城、南头联检站……
联成一体，璀璨夺目，熠熠生辉
又仿佛电影胶片
徐徐上演这个年轻城市的经典

每一个到深圳的人
都会接过深圳递上来的一张精美绝伦的名片
——深南大道
从这里开始
认识深圳、爱上深圳、扎根深圳——
书写属于自己的奇迹
深圳和深圳人一起
开启从丑小鸭到白天鹅的蜕变

5

把时针回拨到1982年的秋天
两万多基建工程兵乘坐一百节"闷罐车"*
从全国各地抵达罗湖火车站集结
"春天的故事"在此泼墨起笔
当时只有三万多人的边陲小镇
开启了新的历史
幻化成一座具象的繁华都市

文明的动力,源于人
并因人而进步
总有一束火炬,在人类进步的最前沿
燃烧,照耀着前进的脚步
当"咣当、咣当"的铁轨摩擦声戛然而止
罗湖火车站的北面
被搬走的罗湖山化整为零
成为铺路的石子
成群结队的基建工程兵逶迤而去

---

* 一种没有座位和窗户的火车货运车厢。

定格为入秋时节的一幕风景
一座城市的历史,翻开了新的一页

时光之上,月光之下
拆下帽徽领章
就地集体转业的工程兵
被分配到狮岭山、竹子林一带荒野地区
他们的营地是一块刚从杂草丛
智取的平地,一切都从零开始
他们搭起来的窝棚,常被欺生的台风掀翻

站在狮岭山向南望去
现在是深圳的福田 CBD 中心
那时除了荒岗、坟茔,就是一块一块的稻田
深圳河逶迤弯曲地向西流去
分不清哪里属于香港
哪里属于深圳
而狮岭山就是现在寸土寸金的香蜜湖片区
房价卖到每平方米十几万元

一座城市的伟大与否
在于生活其间

并自愿与城市同发展、共命运的人
即便是给生产队装电表
为当地农民建小楼
给香港人搞装修、建别墅、修厕所
每人每月仅发三十元钱的工资
脱去军装的基建工程队员看尽眉高眼低
受尽闷气,甚至屈辱

他们在接受中国市场经济萌芽期的洗礼

再坚持一会儿
是来自某种信心,抑或是信仰
一个人如此,一个集体
一个城市也不例外
1980年深圳的GDP总量不及香港的零头
2018年已超越了广州和香港
出口二点六万亿,连续二十五年居全国第一
都市的夜,总是愿意把她全部的能量
以一种喷薄而出的姿态
在太阳转过身去的这段时间里
闪耀绽开

栉风沐雨,甘愿做铺路的石子
让深圳的道路连接香港,通向世界
引入资本、发展、繁荣、幸福
那是第一代深圳拓荒牛铿锵的诺言

6

从深圳墟到商业旺区的东门
从土丘荒地到电子名城的华强北
从绿色农田、赤黄泥土
拓展出新中国第一条超规格大道——
深南大道

白天人气渐渐兴旺
霓虹灯开始驱逐夜晚的清冷和寂寥
楼宇在蓝天下一天天长高
汽车后面也不再跟着一条长长的灰尾巴
每天都有新鲜事儿诞生
敢闯、敢试、敢为天下先
已成为年轻的深圳的沸腾血液

铿锵足迹,阳刚春秋

到底是姓"资",还是姓"社"
在这片沉寂已久的大陆,饱受争议
1992年1月20日,改革开放的总设计师
小平同志登上国贸大厦旋转餐厅
发表那个春天
声震天下的"南方谈话":
"不改革开放、不发展经济、不改善人民生活
只能是死路一条
基本路线要管一百年,动摇不得!"
刮起"东方风来满眼春"

十年前,那里还是一片沼泽地
属于蚊虫、蟑螂、老鼠、荒草的天下
周围只有些低矮灰色的房屋
远处四层的深圳宾馆已经是鹤立鸡群
仅用了三年时间
当时的中国第一高楼便矗立在世界东方——

国贸大厦
新中国第一个采用工程招标
第一个使用幕墙玻璃
在建筑行业首开先河引入计件工资

上不封顶、下不保底

一线工人比项目负责人的工资要高出一大截

第一次引用国外先进建筑工艺——

滑模工艺

虽然经历过无数次失败

却创造了三天一层楼的辉煌历史

铭刻在深圳的成长史中。而当时

香港是五天一层楼

美国是四天一层楼

小平同志话里有话，是肯定，更是鼓励：

"她是诞生'神话'的地方

她的'矗立'本身就是神话"

不到国贸大厦、不算来过深圳

来深圳旅游的人，都要来此打卡留念

曾经有好长一段时间

在有生之年能来到49层旋转餐厅喝一次早茶

成为全国离退休干部职工的时髦

一边坐在旋转餐厅吃着美味佳肴

一边欣赏深圳景观

香港上水、罗湖口岸、红树林、深圳湾

福田中心区、笔架山、梧桐山、深圳水库……

——映入眼帘

尼克松、布什、海部俊树、李光耀、加利……

全世界六百多位名人在此吹拂

中国春风

领略中国风采

深圳是中国改革开放的窗口

而国贸大厦，则是深圳经济特区的窗口

也是中国改革开放的象征

她曾经是一个年轻城市的地标

一段历史的印记

一个时代的符号

她曾经是中国第一高楼，如今

她在深圳，甚至中国

高楼林立中仍然是需要仰望的里程碑

7

深南大道当年叫深南路，双向沙子土路

从上步区上海宾馆，蛇行一样

弯弯曲曲向西延伸至南头联检站

给我的第一印象

那是1989年8月的某一天

中巴车摇曳在乡间的小路上

遍布泥泞、泥沼、泥潭

从宝安县到深圳市区，四十多公里的路

不大塞车的话，中巴摇摇晃晃走了三个多钟头

现在来看，不可想象

福田CBD中心的国际金融中心

超越了蔡屋围一百层的"京基100"

创造了新深圳的新高度

那时，这里还是一片原始的自然风景

低洼处芦苇丛生，风吹草低

不远处小土坡荔林茂盛

知了和鸣着远处传来隐隐约约的打桩声

一望无垠，天高云淡

咸腥味的海风轻轻吹拂，一幅田园牧歌的景象

天苍苍，野茫茫

除了稻田就剩下了鱼塘

那时，富有理想抱负的马明哲先生

辞掉方向盘，腾出手来

在改革开放的试验田——

蛇口工业区创办民营社会保险公司

成为新中国保险领域，第一个吃螃蟹的人

作为中国经济特区的"试管"

最早更新价值观念、时间观念、人才观念

蛇口试验田诞生了新中国许多个第一：

第一次实行干部聘用制、能上能下

第一次实现分配制度改革、打破大锅饭

第一辆私人汽车

第一本私人房产证

第一只股份公司股票……

谁也没有料到

马先生的胃口居然如此之好

连连吃下蝉联"全球多元保险企业第一"的荣誉

还囫囵吞下银行、投资、地产……

数十年来如一日，从小渔村蛇口出发

到中国大都市广州上海北京香港

再到国际大都市东京新加坡伦敦纽约

见到商机，就饕餮大餐

他都无事平安，没见他消化不良

8

都说潮汕人天生就是做生意的料

做一行、精一行、赚一行

江湖上流传着黄老板的传奇

版本各式各样

他重情重义,携手妻子

推着一辆板车,在深圳走街串巷

踩着星星出门、披着月光回家

他兜售的水果新鲜、甘甜、品种多样

从不缺斤短两、从来童叟无欺

他把摆地摊赚到的第一桶金

投资到建筑行业,他拉起一支队伍

像在乡下栽树种菜一样

他说庄稼人跟土地,有抹不开的情感

赤脚站在地里,心里就踏实

就不会心慌

他在城市的东边挖一个大坑

"栽"下一栋摩天大楼

把西边的荒地平整出来
"种"下一片民宅
在北边修筑一条平坦的乌黑发亮的柏油路
在南边把护河堤，垒得又高又结实

汗水浇灌节节攀升的脚手架
他绝对是深圳当仁不让的优秀劳动模范
一年四季都不休息
也无怨言
改革开放初期的深圳特区
无疑是天底下数得着的大建筑工地
挖荒山、填废水塘、加固斜坡、修路建房
混凝土搅拌机一响，黄金万两

"时间就是金钱，效率就是生命"
这幅标语曾经张贴在深圳的大街小巷
受到过许多质疑和批评
但得到了小平同志的赞许
黄老板在建造深圳这座新城时
也构筑起属于他自己的城

他的城坐落于福田 CBD 中心最好的地段

集购物、娱乐、休闲、饮食于一体

精于培养消费者的他

递给我 一百张自己影院的电影票

我接过,像鱼儿咬住了诱饵

我发现他的左手少了一根大拇指

他笑而言他

我每次去看完电影,顺便要安抚一下胃肠

还要捎点生活用品回家

在深圳,有很多这样的多功能、一站式生活之城

那里应有尽有、包罗万象

风雨过后

他的城邦不仅更加坚固,疆域也越拓越宽

不显山不露水

低调的深圳,聚积着许多低调的大鳄

9

毛毛虫长相丑陋,却十分努力

胃口出奇的好

它们没日没夜地贪吃

为的是快速长大,早日实现心中的理想
变成一只翩跹起舞的蝴蝶
它们为此不惜作茧自缚
尽管有许多昆虫
最终没有冲破自己编织的牢笼
被岁月风干,被尘土埋没

在贫穷的茧子里挣扎多时的人
蝶变是唯一的出路
他们对改革开放的前沿阵地趋之若鹜
深圳引领"发财到广东"的热潮
1988年4月,深发展、万科、金田、安达、原野
"深圳老五股"上柜交易
当时的股票买卖全都是"打白条"
现在想来不可思议
九十年代初,股市热得烫手
杨百万从亲戚朋友那里借来八千元钱炒股
两年时间滚雪球一般变成百万元

他常常扛一麻袋十元钞票
去证券公司炒股,那时的万元户
可是凤毛麟角,是人们羡慕妒忌的对象

他的故事仿佛一剂强心针
令全国人民血脉偾张
一张股票申购表能卖到数万元
人们用蛇皮袋装着借来的身份证去参与抽签
全国各地的投机客络绎不绝
涌来深圳淘金

1992年8月9日傍晚，下班后
我提着一张小凳子加入证券公司门口的队伍
平时冷清的宝安县城前进路异常热闹
人头攒动，队伍越拉越长
到第二天早上时已变成一片汪洋人海
只要哪里有点响动，仿佛立马就会引发海啸
大家达旦通宵、夜以继日地等待
只为申领一份九点钟开始发放的《股票抽签表》

一夜无眠，又饥又渴
且又遭遇保安的不文明执法
却一无所获，而一些内部关系人士
不费吹灰之力就买到了抽签表
郁积的愤怒在晚上爆发了
有人开始用砖头砸大街上的玻璃橱窗

有一辆无人看管的汽车也被人掀翻，点燃

年轻的深圳既淡定又自信
理性、民主、审时度势，轻而易举地化解了风波
在这块古老的土地上
讲究仁义礼智信温良恭俭让
数千年来，唯有饥饿可以兴风作浪
深圳的"8.10"股票事件
可能是中国人改革开放后第一次对财富欲望的大觉醒
股市开始深刻地影响人们的行为和思想
暴涨暴跌，风云际会

挤在人海中，等待黎明的曙光
十几个小时不吃不喝
充满饥渴感
全然不知自己已经是浑身汗臭
空着肚子睡觉的夜晚
星星就像是深圳早点中的烧卖
搂着饥饿辗转难眠的少年
对财富的渴望悄悄滋长
百万南飞雁叽叽喳喳栖身于深圳的工业区
多劳多得，不劳不获

他们用自己的青春、忍耐、汗水和热血
撑起一个个家庭的希望

今天工作不努力，明天努力找工作
他们深知这句话的内涵
像带钩的刺，扎得人疼痛、憔悴、害怕、心慌
饥饿的记忆，如魔鬼般挥之不去
他们变得沉默寡言
谨慎、勤勉、敬业、节俭、吃苦耐劳
是他们的真实写照
月末发工资时自己只留下少许
其余的立即寄回家乡

这些单纯的打工仔打工妹
胜似训练有素的机器人
在繁忙的车间里默默地挥洒着青春和汗水
替父母撑起一个捉襟见肘的家
为弟妹打开一方蓝天
他们吃饭十分钟，上厕所一百八十秒
兢兢业业、加班加点
改变了自己、改变了家庭、改变了深圳
改变了一个赤贫的时代

在茧子中挣扎的苦痛
天不知地不知人不知,唯有自己心里清楚
命运那扇门总是上了锁
时间的钥匙
常常没有攥在自己的手上

10

深圳大学开办之初最流行的一句话是:
时不我待
那时,深圳大学周遭全是一片荒芜
深圳大学毕业的小马哥预感到自己遇上了
百年一遇的大时代
与时俱进,才会赢得命运的青睐
预测未来的最好办法,就是将它创造出来

一切非规划的产物,只是探索者开垦了荒原
毋庸讳言,中国互联网的前半段
充斥着模仿,甚至是抄袭
生于草莽,"鹅厂"也不例外
小马哥直言:有了志同道合者,团队和集体

可以弥补个人的缺陷
"公司不要倒闭、不让客户掉线、少挨骂"
多么没出息的想法
就是他们当时最宏伟的期望

丁磊、雷军、马云、马化腾、张朝阳
这些互联网草莽时代的英雄
在混乱中演绎改革路上的传奇故事
数不胜数的新芽,常常倒毙于一场倒春寒
智力不支,无以远足
他们卧薪尝胆,短短数十年间
一家家全球闻名的互联网企业
骤然崛起在中国的东南

一个孤独的小人,面对着蓝色的星球
谁能猜透他的孤独和思想
来自太平洋对岸,关于侵犯知识产权的诉讼
有些迄今还没有撤销
那些被超越者,依然名不见经传
小马哥深谙创业之道
他最大的敌人不是别人,而是
自己内心深处的懈怠

全球活跃用户超过十亿
足不出户，可以跟天南地北的人
倾诉、视频、游戏、听歌、会务、在线交易……
信息已成为举世共享的资源
憨态可掬的小企鹅，不但适应了南中国的炎热
而且身强体壮，状态良好

仿佛深圳，时间还来不及叙述
昔日的小渔村
已出脱得青春靓丽、气质优雅
昂首走进中国四大一线大都市的红地毯

日新月异的街头，树木常青、鲜花盛开
市民中心广场两侧的荔枝树
该熟的时候，才熟
平时都在默默地吸收雨露和阳光
为红红火火的未来，保驾护航
这一幕，年复一年
就发生在莲花山邓小平铜像的眼皮底下

小平同志站在福田中心区的制高点

亲眼见证着这只1980年孵化出来的大鹏
在南国，被改革开放的东风托起
风尘仆仆、展翅翱翔
她能飞多久？能飞多远？能飞多高？
不可限量

11

刘老板离开江湖经年
但江湖上，还保留着他的传说
那年，当我懵懂地走进
他那三百多平方米的办公室
抚摸着霸气逼人的红酸枝明式实木家私
钦佩和仰慕油然而生

这个胆识很大、文凭不高
但"吃得苦、霸得蛮、舍得死"的湘湖弟子
靠贩卖电子零部件，发财致富
在华强北电子市场不仅站稳脚跟
还建立起自己的商业帝国
在九十年代初期，身价高达三亿多元
他豪迈地在我肩头砸下一拳，怂恿我

与他一起驰骋商海

他把领袖的话当成口头禅
嘴边常常挂着：吃水不忘挖井人
他吐沫成钉，立下规矩
但凡老家来人投靠，一律三管：
管吃、管住、管工作
他的公司渐渐变成饭店、旅馆和职业中转站
高朋满座、名震湘粤
吃饭的多过干活的，仿佛多年前的人民公社
繁荣中隐藏着不可言喻的忧患

天上掉馅饼，终非长久之计
三年后风光不再，寒风一阵紧似一阵
银行收紧贷款
成了压垮骆驼的最后一根稻草
蹭饭的鸟兽散
追债的常常堵找上门来

后来，变卖资产偿还债务
之后他人间蒸发了
有人说他去了香港

也有人说他去了大洋彼岸

但江湖上关于他的传说,一直都在

在那热浪翻滚的年代,草莽英雄辈出

人们八仙过海、各显神通

但大浪淘沙,最终能得到时间加持的

才能笑傲江湖

长江后浪推前浪,前浪死在沙滩上

多年后,与硕果仅存的

第一代创业老板李华盛忆苦思甜,他不胜感慨

叹岁月悠悠,流年苍然

正所谓三十年河东,三十年河西

江山代有人才出

开拓进取,始终是深圳的底色

不断地有人迷失,也不停地有人涌来

仿佛大梅沙的海浪

一浪更比一浪高,一浪更比一浪

汹涌和澎湃

在大风大浪中

沙子易被海水淹没,金子也总是被海水淹没

12

当年,蛇口那惊鬼神、泣天地的开山炮

不但震撼了对岸的香港

也让世界睁大眼睛

那声礼炮,早已载入史册

那是吴立明所在的工程兵部队的杰作

两万多人的部队,从全国各地

日夜兼程南下,开启南海边的新篇章

战士们脱下绿军装,以团为单位

就地转业,开辟新的战场

组建市属一二三四五六七建筑工程公司

散落在狮岭山、竹子林一带

荒山野坡上

矮个子文书吴立明,爱和文字打交道

闲来无事喜欢踩着破单车四处溜达,发现:

民工不幸被骗

不良老板拖欠和克扣打工者工钱

路边小店缺德欺生

工厂偷偷排污

卡拉 OK 厅纵容吸毒
三来一补企业违规操作发生火灾
有个工人不幸遇难
外来者过年买不到回家的车票
药店出售假药
罗湖火车站有黄牛党高价炒票……
当然，特区如火如荼的建设的通讯表扬稿
见义勇为、好人好事永远是主旋律
但凡他知晓的，便会写成文字
投给报社、电台和电视台

路见不平一声吼
民间渐渐刮起一股"文侠吴立明"的旋风
深圳虚心纳言、锐意改革、耳听八方
善于接受各方批评，大力提倡正义的伸张
《深圳特区报》社会部每天有两个版面
登载"负面"消息和群众呼声
婴儿免疫力低下，身上难免会长些
湿疹、疙瘩、皮癣等让人难以忍受的红点
甚至按下葫芦浮起瓢
感冒、发烧、咳嗽也在所难免
这个需要对症下药

当年的深圳不是藏着掖着,不是用漂亮衣裳罩住
不惧"家丑"外扬
而是大刀阔斧割毒疗伤,鼓励市民热心监督
多一双眼睛盯着,就可能少犯些错误
吴立明被破格提拔到信访办
有了一个更大的舞台,发光发热

去年他退休赋闲在家
头顶"地中海",不胜嘘唏
岁月不饶人啊,时间像小偷
人生最美好的部分
都献给了脚下这片滚烫的热浪,他说:
值了!

敢于横刀立马、仗义执言的文胆
在当下,实属稀有难得
"各人自扫门前雪,休管他人瓦上霜"
老祖宗的遗训
被我们这一代文化人发了扬光了大

而我的另外一个诗人兄弟朱建业
有幸成为他的后浪,拍打着大地的胸膛

他有一颗怜悯之心

他的诗歌清新、洒脱、真挚、热忱、正气

沐浴着南国的阳光,吐着芬芳

南海后浪推前浪

13

时间仿佛是非凡的魔术箱

极富想象力的深圳人

三天建一层的国贸大厦,是深圳速度的代表

但荣耀稍纵即逝,不进则退

地王大厦、京基100大楼、平安国际金融中心

一栋比一栋高不可攀

华为、腾讯、中国平安、顺丰速递

万科、招商银行、中兴通讯、比亚迪、大疆无人机

这些骋名中外的企业

悄无声息的演绎

从无到有,从弱到强的蜕变

让国人目不暇接

令竞争对手眼花缭乱

改写了五湖四海对五千年神州大地的新观感

人有多大胆，地有多大产

那是不折不扣的谎言

已被历史戳穿

遍地是黄金，倒也名副其实

深圳制造了新中国的第一张股票

四十年弹指一挥间

这片弹丸之地就诞生了近三百家本土上市公司

亿万富翁像雨后春笋，在南海边蓬勃生长

我有幸见证深圳长大长高

看着她给街道、公园、工厂、广场

不断地换新装、添新颜

给时光剪彩，给大地戴上鲜花

从东南西北涌来的人潮

如饥似渴地寻觅机遇和梦想，构筑未来

来自广东揭阳的小杨，身材瘦小

做过证券营销、金融结算、银行高管、私企董事长

他酒量不错、口才极好、能说善辩

数年间在深圳、北京、广州、海口、南京

孜孜不倦地征战职场，广交天下英豪

来自韶关的小谢,脑门洞开

几十年如一日地创业、创业、创业

创业……创业……

他涉足电商企业比马云还早

甚至,中国联想还跟投了一千万美元——

曾令我们眼前一亮

假若,他一门心思琢磨自己最拿手的家装业务

早已成为拥有金山银山的上市公司老板

都说湖南人像倔驴、八匹马也拉不回

来自湘中邵阳的小李也不例外

在机关一干就是十年,日月如梭

把剩下的光阴,毫不保留地全都交付给了民生银行

再没其他丁点想法,忠贞不贰

始终只会埋首苦干

这三个老伙计来自不同的地方

像千千万万的深圳人,揣着相同的梦想

青春,是我们唯一的本钱

在深圳相识、相知、相惜三十余年

一起钓鱼一起喝酒一起桑拿

一起见证了彼此的一穷二白和奋发图强

一起在深圳成家立业、生儿育女、戴恩尽孝
成为一名合格的儿子、丈夫和父亲

见多了风雨,才深谙阳光的温暖
我们知道,并不是所有的高山都生长大树
几颗沉默相拥的石头
和石头缝里探出脑袋的小草
也许是岁月对山的最贴心的安排
懂得温良恭俭让,是岁月对我们的奖赏
路还那么漫长,起伏蜿蜒
我们知道了什么时候蹲下、什么时候避让
台风袭来时
我们知道家里最安全

14

深圳是一座年轻的城市
但市民的平均年龄,比深圳还要年轻
这里的每一栋大楼、每一间车间、每一张笑靥
都充满着活力和阳光

飞机如箭镞

从宝安国际机场射向世界各地

巨轮从盐田、赤湾、蛇口、福永港码头

装满深圳制造

驶往五湖四海

从深圳站、深圳北站、东站、西站、福田站

始发全国各地的高铁

如穿梭机一样奔驰在神州大地上

在深圳地下驰骋的地铁中

鲐背之年的邓爱国老先生,风雨无阻

每天按时按刻乘坐地铁上班下班

地铁是深圳的又一个文明窗口

人们井然有序、不慌不忙

没人大声喧哗、没人抢座霸位

年轻人争先恐后地给老人和孕妇让座

文明礼貌,是深圳地铁的标配

可邓老先生不服老,喜欢与年轻人一起站着

背上背着年轻人钟爱的背包

散步、爬山、旅行、桑拿……

是邓老先生几十年如一日的爱好,童心灿烂

有人说深圳是属于年轻人的

但也属于那些老骥伏枥、永不言败的长者
他原本可以在家颐养天年
却选择继续走在路上
这个武汉大学的高才生无愧于栋梁之材
先北上京城勇挑重担
后又背负嘱托和承诺,独自南下
甘做深圳第一代拓荒牛
深圳藏龙卧虎,此话不假
像他这样浑身长本事的虎豹,不胜枚举

他低调、谦逊、内敛、沉稳
在深圳高新技术企业中,有口皆碑
我每次握着他宽厚的手
都能感觉到有一股强大的电流
通过五根粗犷的"电缆",迅速向全身扩散
握住他的手,仿佛握着我们自己的
过去和未来

15

张希不愿意回头看
他的目光永远只紧盯着明天

盯着他的印刷厂的订单数量和质量
房租和人员工资不断上涨
还有深圳一次次产业调整和升级
他的工厂先从八卦岭搬到龙岗
再一步步被"优化"到惠州的深惠边界

被人诟病的高房价
绞杀着年轻人的创业欲望
有人已用脚投票
但更多的人,像活水里的鱼儿逆流而上
一潭死水尽管静谧安宁
但也缺氧
对深圳,他拥有一种宗教般的感恩和热爱

他常常对生意伙伴坦言
是深圳再造了自己。来了就是深圳人
这个不欺生、不排外
只要努力就有机会的地方
就是他念不尽、亲不够的故乡

他很少回老家,那里有他淡淡的忧伤
他的高中成绩一直名列前茅

却始终没有等到改变命运的一纸大学录取通知书
父亲过世得早，熬到高中毕业已属不易
地头再也刨不出复读的学费

无奈之下，他加入了南飞雁
在一家印刷厂做业务员
他勤奋好学、待人真诚、吃苦耐劳
扫街扫楼，走家串户，叩开一家家公司的门槛
一分耕耘，一分收获
回报他的是老板的信任和业绩蒸蒸日上
还有渐渐鼓胀起来的自信和腰包

那年世界经济被"雷曼兄弟"的信用危机引爆
老板移民去了国外，他把工厂盘了下来
自己做了老板，也做了丈夫和父亲
他常常鼓励员工：
"在深圳，不怕赚不到钱，只怕你不肯流汗；
只有你想不到的，没有你做不到的；
我的今天，就是你们的明天。"

是的，明天只属于那些追求无止境的人
小富即安、贪图享乐

就会被深圳淘汰,这样的例子俯拾皆是
开放、开明、允许不按套路出牌
但必须遵纪守法
在这里没有什么可以一成不变
人才可以双向选择
父子可以称兄道弟、搭背勾肩
夫妻可以 AA 制,但又不失亲密无间
财富只偏袒智者,失败可以被成功逆袭
如果你有足够的进取心
你就可以战胜命运,成为一个时代的
弄潮儿

16

黑瘦个小的阿肖精明灵活
还有些自得和狡黠
这个初中毕业就来深圳打工的江西老表
能说会道,吃苦耐劳
他凭借着自己缝缝补补、敲敲打打的手艺
在深圳穿街走巷、眨眼就是二十余载

谁家哪里漏水、搭个雨棚、换个窗把手

装个护栏、焊个铁架……
打个电话随叫随到
最开始，他背着一蛇皮袋的工具坐公交车
一身臭汗、人们避之不及
后来买了一辆三轮车
现在换成一辆小面包，方便快捷
副驾驶位坐着打下手的老婆
小孩在外地上学，家里能来的全来了

他不无自豪地告诉客户
他在江西老家修建了一栋五层的小洋楼
还给大学毕业的大儿子
在杭州按揭了一套新房，他说：
在深圳只要勤快，就不怕找不到饭吃
他手里的活还排着队

他做的都是回头客，公平在人心
态度好、质量还不赖
价格即便是贵些，也没谁跟他计较
我家窗户的拉手坏了，这次预约了半个月
还不见他的踪影，气得我大骂：
"小王八蛋"

他在微信视频里嘿嘿地傻笑
炫耀地给我解释，他接了一个装修工程
还要半个月才能完工，到时就来安装

深圳遍布阿肖这样的候鸟
他们来自乡村，忠厚老实，文化水平不高
他们是一家之主，上有老下有小
他们有使不完的劲，沉默、吃苦、勤劳
租住在城市的边缘、城中村的民宅
护花剪草、补路修桥、清运垃圾、疏通河道
重活、累活、脏活，他们抢着干

他们吃饭不挑食，睡觉不择床
每天为城市的运转，起早贪黑、奔波、操劳
一年中最高兴的时刻，就是春节
提着大包小包，回乡下过年
去履父母职责，去尽儿女孝道

他们心里总惦记着深圳那干不完的活儿
元宵节还没有到来
就急不可耐地通过海陆空，赶回来
虽然，有时候难觅落脚点

他们却把这里当成自己的家
当成人生的加油站

17

"人无千日好,花无百日红"
到了深圳,这句古训就必须得改写
从南美洲移民来的簕杜鹃
被来自天南地北的深圳市民投票选举
——荣膺市花
能够红红火火绽放六个多月
山丘、原野、街道、公园随处可见
把深圳人的平常日子,映得喜气洋洋
但作为金融重镇,深圳股市的红
却红得有点吝啬,有点牵强

2015年的股市连续熔断,股指惨遭腰斩
彻底打乱了何博士的个人规划
我们看好的一家企业
并没有一飞冲天
他以17.28元的价格,买进十万多股
那天他火急火燎地给我打来电话

说再不扫货，明天就只能18元才能买到
但我在广州开会，无力回天

第二天，我以15.80元的价格买进一些
可这只票在跌到1.83元，戴上"ST"帽子前
就没有摸到过他的买入价
我算是舍得割肉了
生活有时候就得学会壁虎的本领——
断尾求生
他越低越买，成本价越摊越高
令他的一些看起来很美的愿景泡了汤

何博士原来在佛山大学教书育人
博士帽的光芒，照耀着他四处闯荡
这个长于荆州农村
毕业于武汉大学
长得仪表堂堂，能口吐莲花
拥有"城市规划科学带头人"头衔的教授
"学而优则仕"
自荐到深圳某局做了一名处长
股市的教训
他不得不再次审视自己

选择重新出发

这个每天中午放弃单位饭堂的美味佳肴
与我玩着花样儿吃盒饭的兄弟
选择了北伐——
五关斩六将，雄风不减当年
成功应聘长江北某经济技术开发区的管委会副主任
迈上了副厅级的新台阶
机会是留给有准备的人，此话可以放之四海

人无千日好，倒是一句大实话
人不是铁，饭也不是钢
即便是铁，长年累月地摩擦、磨损、消耗
有些构件也会造反
何况深圳人一年四季高速运转
一些零部件生锈或罢工，在所难免

深圳从全国各地引进了许多"维修高手"
开出的条件也挺富吸引力
陈医生放弃大西北省医院专家的待遇
毅然决然，携手某民族大学的教授妻子双双南下
引进这种"高龄"高端人才

深圳一事一议,从来不会遵循守旧
你有真本事,她就给你发挥的大舞台
在一个完全陌生的城市重新安家
陈医生有苦亦有乐,也有收获
更多的是,沐浴新的阳光、雨露和春风
萌生了新的追求和梦想
人生的第二春,在不知不觉中悄然萌芽

这片土地常常可以变不可能为可能
适宜生长梦想
生长雄心、生长凌志
生长明天和未来

18

万事开头难,有时还难于上青天
学舍、生源、资金、教师、教学、安全
没有一项,不是头等大事
需要他细细思量和精打细算
在本学期结束前,到下学期开学之初
这段收入的真空地带
让一个七尺男儿,深刻体会到

什么叫难以为继，什么叫青黄不接
什么叫男儿有泪不轻弹

放弃体制内的优势，主持市包装行业协会的工作
罗兄破釜沉舟
自筹资金创办自给自足的民营携创技工学校
常常为了发放几十万元的教师工资
或者订购下学期的课本
让这个大块头汉子，愁肠寸断
急得像热锅上的蚂蚁

好在功夫不负有心人
努力没有打水漂
学校发展上了正轨，学生规模不断扩大
他独具慧眼地与对口扶贫相结合
对贫困地区进行教育扶贫
来自老区的青年学子，免学费学杂费住宿费
实行三包：包吃包住包工作分配
甚至，连床上用品、学习用具都分文不取
学校先后为贵州遵义和凯里
广西百色和池河
还有湖南、湖北、江西、陕西、甘肃、广东、

贵州……

  培养了一万多名贫困农家子弟

  让那些来自大山深处的年轻人掌握一技之长

  把命运抓在自己手上

  授人以鱼，不如授人以渔

  为他们开启一扇生活之窗，分享社会进步的红利

  既解决他们的生存困境

  又为深圳企业培养了熟练工人

  创新式的办学，让他的学校

  一时之间声名鹊起

  然而天有不测风云，人有旦夕祸福

  一场疾病的偷袭

  一度让这个善良、豪爽、侠义的五尺大汉

  人生瞬间变得黯淡无光

  像多次与艰难困苦的厄运搏斗一样

  他取得了最后的胜利

  重生之后，他戒掉了难以割舍的琼浆

  全情投入到学校的发展中

  先富起来的深圳，对兄弟贫困地区的帮扶

义不容辞,从钱财物的支援
升华到教育扶贫
这是从起点开始,从源头着手
对革命老区实施人才改造,提升文化修养
积蓄改变落后面貌的力量

十年树木,百年树人
送米送油送金银,不如送教育送文化送科技
吃过没文化的苦头的老百姓心领神会
先学好本领,再回去建设家乡
改变命运、改变老区
始于当下、始于知识、始于自己

19

"水果王后"应该是性情温和的
但人们把她的名字安在一个台风上时
她却是那么的莽撞和狂野

2018年8月19日晚,狂风呼啸
12级台风"山竹"挟狂风暴雨肆虐深圳
大树拦腰截断,小树连根拔起

第二天清早，街道被横七竖八的树木阻塞

每一栋楼房都成了一座孤岛

人们出门都成了一道翻不过去的屏障

人类仿佛又回到丛林世界

身着红马甲的志愿者

无须组织、发动、呼吁、征召

他们自动自觉自愿地拿起砍刀、锯子、扫帚

组成了一道道美丽的风景线

关爱弱者，是一座城市的美德

开明开放，是一座城市的修养

这里不欺生、不排外，来了就是深圳人

深圳最美丽的风景

不是深圳湾青翠欲滴、绵延不绝的红树林

不是俊秀挺拔、高耸入云的梧桐山

不是惊涛拍岸的海岸线

不是绿树掩映、鲜花盛开的街道和摩天大厦

不是凤凰山夕阳余晖下的千年古刹

不是大鹏所城的清砖明瓦

不是华侨城缩小的微型世界

不是……

而是街头巷尾、医院商场、公园地铁站
音乐厅、博物馆、图书馆、书城……
随处可见的红马甲志愿者
他们彬彬有礼、尊老爱幼、古道热肠
他们为人解疑释惑、有求必应、有问必答
有困难找义工，有时间做义工
这是口号，更是行动
他们是深圳的天使，是这个城市的温度计

送人玫瑰，手有余香
一个城市的魅力
是她的软实力和创新能力
发现城市的魅力
不是看她有多少光鲜华丽的高楼大厦
而是在风雨来袭时
有多少人肝胆相照，愿意为她挺身而出
不是看她有多么热闹繁华
而是在繁华落幕后，迷失在街头的人
有没有人愿意伸出温暖的手
不是看她的户籍锁住了多少人口
而是看有多少没户口的人

她始终不离不弃

不是看她的市民衣着有多么的奢华

而是看有多少人愿意在自己光鲜的衣服外面

套上粗糙朴实的红马甲

不计报酬地为她奔走，付出温暖和关爱

当你感到迷惘无助的时候

有一双手或一张笑靥突然出现在你的面前

那无疑胜似雨后的一道彩虹

拥有数十万注册的义工队伍

在全国的城市首屈一指

助学、助老、助残，关注弱势群体、青少年问题

他们是深圳光彩夺目的又一张亮丽名片

是这个城市温暖的血液

是城市之光，是文明的源泉

是这个城市的涵养、道义、文明、担当和脊梁

他们仿佛一盏盏街灯

在这个年轻的城市的各个角落，闪烁着光亮

给人们带来光明和温暖

20

一座有温度的城市,不会让一个人
一个关爱弱势群体的组织
揭不开锅
一家有难,八方支援
人们的心肠总是热乎乎的

"绿色蔷薇",是一个关爱妇女儿童权益的公益组织
陷入资金困境,举步维艰
她们向社会公开呼吁,寻求爱心和支援
她们计划筹措经费二十八万元
用来维持日常运转
结果不到十五个小时筹得善款三十六万元
人们都是自觉自愿,虔诚、真挚
令机构负责人丁当百感交集

中国有千千万万个丁当
而这个丁当
出生在甘肃天水甘谷的一座小山包上
十六岁时,为了供哥哥和弟弟上学

她与姐姐被母亲劝说退学
小小年纪的她痛哭了整整一夜,不得不妥协
接受命运的残酷安排
那时她还不知道命运的不公
不知道什么叫抗争

临近春节,她跟着老乡
坐了三十八个小时的绿皮火车
来深圳打工
一路劳顿,她竟然没有一丁点疲倦
兴奋替代了茫然
城市、街道、霓虹灯、工厂、机器、工装……
她心里都毫无概念
更令她惊奇的是,深圳的冬天
树叶竟然是绿色的!

她从未离开过家乡。庞然大山
遮挡了她的视线

很多事物都是闻所未闻
她开始感觉到自己的渺小
——如山里的蚂蚁

忙忙碌碌、慌慌张张

终生围着小小的蚁穴团团打转

活着为的就是一口食

在工厂的图书馆里,她读到了《简·爱》

读到《飘》《平凡的世界》《走回女儿国》……

她还没弄明白

工厂除了领导,全是女的

为什么父母要她和姐姐辍学,出来打工

供哥哥和弟弟完成学业

多年以后,她懂的多了

她就总想从一种无形的束缚中

挣脱出来,走自己的路

三十岁以前,她就体验了太多人生的甜酸苦辣

她就想开辟一个空间,一个不需要很大

但属于自己、属于心灵的家园

让那些受了委屈的姐妹

可以倾诉、唱歌、跳舞、喝酒、哭泣……

让她们能偶尔彻底释放一回

做真实的自己

同时也给一些缺失关爱的儿童

一个看书、唱歌、看电影、补习功课、排练戏剧
和学习尤克里里的空间
千万个丁当在深圳互敬互爱、友善待人、传递温暖
她们美丽、阳光、坚韧
像是一朵朵从杂草丛中钻出来的蔷薇
从容自若、不怕风吹雨打
欣然绽放自己，灿然而淡雅

一个城市拥有千千万万个有爱心的人
那么，这个城市是有温度的
那么，这个城市就不会放弃她的每一个市民
那么，她的居民就不会摒弃这个城市
那么，这个城市就生机勃勃
那么，这个城市就拥有无限的可能

21

风无影、水无形
可以微风徐徐，不缓不急，从容自若
可以狂风呼啸，摧枯拉朽
风的存在，在于流动

"英雄不问出处，富贵当思缘由"
树挪死、人挪活
不拘一格选拔人才，活水才会源源不断
人才流动，往往创造出奇迹

市委干部简飞，为人低调、正气
他一心扑在工作上，屡建奇功
来自深圳一家名不见经传的企业
作家远人原是《湖南文学》的一个普通编辑
光明区以特殊人才引进，聘为作协主席
有了肥沃的土壤，他每年出版三部著作
宝安中专的语文教师，勤奋好学
一步一个脚印，默默无闻地奉献
黄惠波做到了龙岗区副区长

特种兵出身的张永军，闯过柬埔寨的地雷阵
转业到金融机构后埋头苦干，从员工做到总经理
尼墨生物技术董事长张默，CEO 刘思思
来到深圳创业，从一无所有
到卓有成效，他们是来自澳大利亚的华裔夫妻

来自黑龙江的王灿，做过文学编辑

后来下海创业,几年间产品畅销境内外
还出版了八十多万字的文学作品
重庆九龙坡的农民刘光仁,携手爱妻
不辞劳苦,贩花送花,夜以继日
供两个女儿读完大学,已拥有自己的花卉公司
上沙村民陈彪年轻时好逸恶劳
后来改邪归正,现是上市公司的董事长

来自河北的王国华,踏遍深圳的大街小巷
写尽南方的花花草草,他认定这里就是他的故乡
香港人黄灿然跨过深圳河,发现古朴的洞背村
便定居在这离现代文明最近的世外桃源
"地主崽子"孙向学,跟随父母被下放到大山深处
后到深圳来打拼,一边工作一边写作

龙震辞掉旱涝保收的铁饭碗
协助哥哥龙杰大刀阔斧地发展房地产旧改项目
常常在政府和村民之间来回沟通
尽管困难重重,但他们始终坚信:
一分耕耘,一分收获
雷广玉早年被某机构派驻美国,积攒了不少人脉
回国后以深圳为据点,专注于外贸出口

碰上好年景，赚得盆满钵满

来自陕北高原的黄大奎，是我家小区的保安
五十大几，儿女已经长大在外打工
他带着老婆出来"挣点零花钱"，免得闲得慌

对于想干大事的有志青年
深圳更是愿意扶上马，送一程：
一个送快递的小哥
不知不觉就成了千亿富豪
一个玩无人机的小伙
一不留神就挖到百亿金矿
一个弹钢琴的小子
眨眼之间就登上世界音乐顶峰
……

郑智辉和张鸿，来自江西财大
栖身于深圳茂盛水泥森林的这对情侣
相互关心、辛勤打拼、共同成长
成为比翼双飞的一道风景
新疆姑娘赵海燕，大气端庄
通过互联网认识一个年轻有为的华为公司青年

便不惧万里迢迢投奔爱情的怀抱
如今已是两个孩子的母亲

谭哲浩荣辱不惊
在一家金融机构起起落落，兢兢业业
痴心不改，笑傲江湖
谭少云三十好几才越过琼州海峡
调到深圳一家金融机构，去年办理退休手续
现在满世界搜罗美食和美景
毕业于广东梅田矿务局技工学校的杨亚兰
在深圳就业、恋爱、嫁人、生育
送女儿去美国留学，一气呵成
如今是莲花山广场舞扭小蛮腰最疯狂的一员

张玉发善良、和蔼、正直
当年我去面试，他盘腿坐在大班椅上
压根儿就不像一个大领导
十年后我们邂逅在荷兰的一家餐厅
他高兴得像个孩子，我祝福这样的长者寿比南山

《深圳劳动时报》解散后
老郭又折返上海，买了一辆二手货柜车

专门从事从新疆贩运新鲜瓜果到香港
常常跟香港客约定在深圳文锦渡口岸交货
这份辛苦差事,是很多人的饭碗
这个早餐要吃两碗稀饭、八个馒头的河南汉子
只用了五个早晨,教会了我驾驶汽车
如今已经失联多年
我常常念叨着他的好,不知道他现在还好吗?

成功与失败,这对古老的孪生兄弟
无时无刻不在尽心竭力地展开殊死较量
不分时日,互不相让
有的人过去无限风光,眼下安享晚年
有的人曾经寸步难行,现在呼风唤雨
有的人从前默默无闻,目前家喻户晓
有人不慌不忙走过城市的斑马线
有人匆匆忙忙就到了暮年
有的人前半生风流倜傥,下半辈子在大墙内忏悔
有的人已挂在墙上……

梧桐山有一种树叫黄花梨
十分罕有,树已成才,不知道栽树人去了哪里
大鹏湾海域网箱里的鱼儿欢腾

一只看护小狗恪尽职守、不许生人靠近
深圳湾红树林的白鹭引颈高歌
是不是唱给树下那艘清理垃圾的小船听的？
深南大道上的小叶榄仁挺拔俊俏
谁曾记得树下护养人的姓名
街道虹霞灯光如白昼，那灯火通明的大厦里
正在伏案加班的人姓甚名谁
有谁知晓？
我还见过在市民中心广场树荫下安静的小草
阳光下呜咽的雨丝……

还有很多人，行不改名，坐不改姓
他们来自五湖四海、大江南北、长城内外
黄种人白种人黑种人棕色种人
来了都是深圳人，来了，他们就不轻言离开
在这里拼汗水，也拼心智
有付出，就会有收获

改革开放没有回头路，深圳经验证明：
解放思想就是解放手脚
条条框框是十字架，是探索路上的障碍
是骡子是马拉出来遛遛，一目了然

驴吃驴料，马吃夜草
千万条河流一刻不停地奔向大海
满怀向往，揣着憧憬
曲折、跌宕、阻挡、拖延、悬崖、高山
都无法改变他们认定的方向

人心所向，海纳百川
一滴水，就是一个辽阔的大海

22

有些水的归宿，是大海
有些水是另一些水的起点
名不见经传的新闻路，像一条纤细的扁担
东头挑起新洲路，西头挑起香梅路
车来车往、忙忙碌碌

我在这里奔波了近二十年，冬去春来
现在准备搬去宝安
这里将成为某个符号的终点
也是另一个符号的起点

我有些不舍,同事们也有些不甘

曾经是一个落后的网点

位置偏僻,人心涣散

在大厦二楼营业厅,常让客户找不到地方

是我们呕心沥血,披星戴月

像每一个深圳人一样

在平凡的岗位做出令人刮目相看的贡献

把小微贷款做到全国的前列

在此之前,我滴酒不沾

家与单位两点一线

因为常要应酬

我常常喝醉酒就夜宿办公室

是为不影响家人休息

亦为第二天不旷工、不迟到

扬州美女刘晓轩做事一丝不苟、认真负责

最令人感动的是一股不服输的劲

即便是一场小型晚会的表演,她都一板一眼

邓一帆生得魁梧大气,专业知识过硬

他大公无私、乐于助人

大家好才是真的好,时间将会证明

他的职业生涯前途光明一片

廖琳琳高挑漂亮，人见人爱
她做业务像在篮球赛场上抢球
快、狠、准，虽然也会遭遇挫折与困难
但谁能说那不是人生的财富？
潮汕人张传炎心宽体胖，人称"狗仔队"队长
他有独门绝招，站着都能睡着
属业务能手、更是美食专家
哪里有美味，都难逃他那双慧眼

单枪匹马闯深圳，勤快之外
必须得有两把刷子，陈峰的业绩已做出诠释
倪春像一匹壮硕的黑马
奔驰在华北平原，深圳已成为偶尔路过的驿站
但每一次，他都像进入加油站
浑身充满着饥渴和期盼

牡丹一样娇艳的宝庆女子刘艳
还真是路过，不到一年就调走了
来也匆匆，去也匆匆
在机关才不会埋没她的一手好文章

王华娟的两只眼睛会说话

但我只读懂了一丁点，行行出状元

她相信我说的话，留了下来

我没有错。她也是对的

李方芳对新闻路情感真挚，恋恋不舍

兜来兜去又杀个回马枪

这个多情的客家女子

想在自己最心仪的地方，结束职业生涯

却未能如愿

还有恪尽职守的蓝建珠、兢兢业业的秦璐璐

有情有义的姚泽鹏、腼腆的董森

泼辣的彭文欣、强势的廖莎

玲珑乖巧的谢彩珠、老实巴交的徐高平……

他们都是我的兄弟姐妹

我们没有虚度年华

为了深圳的发展和腾飞添砖加瓦

我们手携手，心连心

攀登梧桐山、塘朗山、大南山、笔架山

往往是有志者，方能登顶

我们一起去小梅沙亲吻永远开不败的浪花

去蛇口海上世界垂钓大海
去凤凰山点燃一份虔诚
去南澳沙滩上烧烤满天繁星
去海上田园收割青翠欲滴的春天
去桔钓虾采摘一朵燃烧的晚霞……

作为一个社会细胞,千万个我们
正常、健康、高效地运转
华为手机、飞亚达手表、腾讯网络
长城计算机、健康元生物制药、比亚迪汽车
万科房地产、华侨城旅游、华强北电子……
创造深圳的 GDP、财税收入、社会财富
爱、文明和希望

深圳有千千万万这样的主人
就像太空拥有数不胜数的小星星
各自闪烁着耀眼的光芒
温暖无垠的夜空
就像南海有了滔滔不绝的汪洋之水
有了取之不尽用之不竭的宝藏
有了无穷无尽的活力
有了摧枯拉朽的创造力

这片生命的蓝海,辽阔、奔腾、呼啸、深邃

千千万万怀揣梦想的深圳人
成全了自己,成全了深圳,成全了时代

23

驱逐孤独和寂寞,有时候只需要
一碗家乡劲道的过桥米线
一串看着糊闻着臭吃着香的臭豆腐
一碟色香味俱全的宫保鸡丁
一锅满满东北味儿的猪肉炖粉条
一个外软内香的狗不理包子
一笼清淡相宜的黄金凤爪
几片面皮包裹的金黄松脆的北京烤鸭
……

有时候,哪怕是几根香脆的手拍黄瓜
就能击碎离乡背井人的乡愁
万花筒般的大街小巷,都能满足不同的心念

在荔枝之乡,吃不吃荔枝
我都"不辞长作岭南人"

这里有我舌尖上的爱,有我枕头边的呢喃
有我为之动容的远方,我的梦
已经生根、发芽

深圳很小,宝安很大
当年,深圳像襁褓中的婴儿
畏风、惧雨、怕人潮
被高高矗立的铁丝网,紧紧地裹着
把深圳经济特区和宝安县
隔开成两个世界

从宝安进入深圳,需要一纸边防通行证
边防战士一个一个验证放行
辨明真伪、声色俱厉
南头、白芒、布吉、沙湾、盐田联检站
常常排着长队
像朝圣的队伍,虔诚而安静

当初,宝安居民进出深圳
也需要那张方方正正的薄纸片
有些农民为了耕种自己的田地
每天都要凭证进关出关

关内建设热火朝天,一日千里
关外的宝安不甘示弱,咬紧牙关紧紧追赶

宝安一些偏远村镇的发展,差强人意
交通不便,增加了运输成本
外商不愿意前去投资办厂
譬如西北部的公明镇
有深圳的西伯利亚之名,公明的街头窄小
单车、摩托、板车、三轮车、农用车
把街道塞得拥挤不堪
两旁低矮的房屋,白色的外墙在岁月的侵蚀下
显然已经忘记了自己的时光

皮肤黑里透红的人们,漫无目的地
高声吆喝着自己亲手播种、收割的水果和蔬菜
那时的光明,是深圳的水桶和菜篮子
光明三宝:乳鸽、玉米、牛初乳
早已名声在外,这里土质肥沃、水源丰沛
出产许多专供香港的食品蔬菜

生态科学城,那是二十多年后的规划
这个定位高瞻远瞩,目光远大

当我再次来到光明新区，禁不住有些大惊小怪
光明已不是从前的公明镇加光明农场
一加一大于二
光明告诉了人们正确答案

栽好梧桐招来凤凰
高新技术企业、著名高校纷至沓来
光明以一份靓丽答卷
证明自己没有拖深圳的后腿，不是这个城市的伤疤
而是深圳勇攀高峰的新增长点
人们的头脑和观念，已经从小农意识
得到脱胎换骨的升华

宝安、龙岗、龙华、光明、大鹏、坪山
这些原本是宝安县大家庭的成员
如今，兄弟分家不分彼此
伯埙仲篪、齐头并进
在东方的南国，共同构筑千年神话、不朽诗篇
书写令后人眼眶涨潮的崭新篇章

时间就是金钱，效率就是生命
不管过去多少年，深圳当年轰轰烈烈的誓言

至今依然是掷地有声

24

盐田山海相连，天海一色
在北山工业区的一栋普通小楼
推开窗户，就能嗅到淡淡的海腥味
这里原来生产男女鞋子
现在是一座探访"上帝之手"、破解生命密码
关乎生命、健康、死亡的梦工厂

生与死，曾是无法破译的天书
引发无数天问：
我们从哪里来、将往哪里去？
大鹏湾的海水一次又一次地扑向岸边
仿佛在永不停歇地追问
一个深圳人正在寻找的答案

1996年7月5日，英国科学家伊恩博士
成功克隆出小绵羊多莉——
令世界大惊失色
它没有父亲，但有三位母亲

一位提供 DNA、一位提供卵子，一位负责代孕

2013 年 5 月，好莱坞女星朱莉
做了血液基因筛查，发现自身携带
一种遗传基因突变
有百分之八十七的概率罹患乳腺癌
她预防性地实施双侧乳腺切除术
引起世界舆论哗然

牛奶富含人体所需的营养物质
但转基因牛奶不仅不能被人体吸收消化，而且
可以纺纱织布，坚韧无比
一截布条能拉停一架即将升空的飞机
一切奥秘，源于基因
一星口沫或几滴血液，就可以得悉基因数据
种瓜得瓜，种豆得豆
如今不用种，也可以得瓜得豆

人类科技的迅猛发展
让"基因"走进了一个湘西汉子的生活
这位造风者爱冒险、爱幻想、爱刺激
登山、滑雪、玩风帆……

五十六岁"高龄"登顶珠穆朗玛峰
但他最想攀登的,是生命科学的高峰:
"生优病少、健康长寿、温饱不愁、环境友好"
他带领团队为此孜孜不倦
仰望星空,叩问苍穹
"不问产业、不逼税收、全力保障"
深圳让他喝着源头活水、沐着阳光雨露
去敲响生命的警钟

建在大鹏新区的深圳国家基因库
几乎与世隔绝、恍若世外桃源
这座生命银行储存着人类的今天和未来
一粒种子、一个细胞、一管血液、一口唾沫
一段脱氧核糖核酸、一条数据……
解读、诠释生物体的
生、长、衰、病、老、死等生命现象
这是中国的"挪亚方舟",是开启未来的钥匙
背负着留存现在、缔造未来的使命
这些崭新的课题,交给年轻的深圳去求索
也许是新时代不二的选择

25

有人说,人类因有梦而伟大
美国科学狂人马斯克开发的运载火箭
一次携带数十颗卫星上太空释放
他还放出狂言:
五年内要在人类的大脑里植入芯片
实现人机思想联网

2016年中国春节联欢晚会上
五百四十个机器人
身着白色服装,占据整个舞台
它们摇头晃脑、举胳膊抬腿、倒立、晃动腰肢
做俯卧撑、前后空翻、卧倒、一跃而起……
动作灵活、排列整齐、与音乐节奏一丝不差
整套动作复杂,协调统一
其难度人类难以企及,打破了吉尼斯世界纪录
这个"机器人他爸"
是一个来自深圳的"70后"弄潮儿

他断言,2048年后

世界会有三种人：人类、机器人、半人类
在人类的身体里植入芯片，与云端连接
这个半人类将无比强大
我们曾经二十年寒窗学到的知识
到时候只需要短暂的一秒钟就能了如指掌

不要怀疑！
这些已经不是遥不可及的幻想
五年前，他散尽自己辛苦创业挣来的几千万积蓄
亲戚朋友再也不借钱给他
穷得还不上信用卡的透支，被银行列入"黑名单"

父亲跺着脚质问：
你搞什么名堂，是不是疯了？
他没有疯
他的"机器人儿子"已经粉墨登场

在广州白云机场，机器人憨态可掬
为客人迎来送往、解疑释惑
最后还握手道别
在文物书画展览会上，"饱读诗书"的机器人
能说会道、巧舌如簧、风头十足

人站在一边显得笨嘴拙舌
在宾馆酒店，面对来自不同肤色
不同信仰、不同国籍、不同语言的客人
机器人不慌不忙应答如流

在博鳌亚洲论坛上
机器人通过人脸识别，向嘉宾问好
并引导他们穿越"迷宫"
去到指定的座位
机器人还可以成为一位贴心的家庭成员
你喜欢吃什么、穿什么、做什么
它会一丝不苟、忠心耿耿地为主人准备妥当
当然，别想与它对弈
你必定会成为一个不折不扣的常败将军
可以为孩子讲故事、哄孩子入睡
它的触角已伸向军事、医疗、金融、工业、农业……

深圳是一个创造奇迹的地方
稍不留神，就会与其貌不扬的伯乐撞个满怀
每年一次的高新技术交易洽谈会
人潮涌动
机遇和机会在这里约会，眉目传情

现在与未来在这里碰撞,火花飞溅
资金与思想在这里联姻,孕育未来
这里是梦的天堂
也是"独角兽"的温床

一家机器人公司,经过短短五年时间的培育
目前估值已经超过五十亿美元
上交所、深交所、港交所纷纷抛出橄榄枝
承诺即报即审,无须排队
记得曾有人说过:
梦想是要有的,万一实现了呢?
到 2048 年,人类的个性和灵魂或将永存
只需把一张包罗万象的芯片
植入肉体,把灵魂和思想数据化拷贝
再植入机器人,一个即将逝去的人
其精神和意识便可继续存活
未来的世界,神奇又魔幻

四十年前,改革开放属于深圳
四十年后,开创未来也将属于深圳
敢闯、敢试、探索、创新、面向未来,永不言败
这是深圳精神

包容、温暖、关爱、鼓舞,绝不放弃
这是深圳的诺言

26

在京郊一间私密会所里
穿越粉色、白色、桃红色的进口玫瑰
蓝色和绿色的荷兰绣球花
和郁金香、洋桔梗小丁香弥漫的芳香
一架无人机载着一颗重达9.18克拉的钻戒
悬停在男歌星面前,他单膝跪地
要向心上人女影星深情表白
第二天的娱乐新闻,无人机无意间逆袭了主角

一个喝得酩酊大醉的政府情报人员
深夜里,在美国华盛顿放飞了一架无人机
坠毁在白宫的草坪,第二天早上
负责总统安全事务的特勤局为此展开调查

2008年5月12日汶川大地震
无人机第一时间赶到灾害现场
安全拍摄影像并第一时间发回实况

让救援人员了解现场……
这家无人机公司占据全球百分之八十的市场份额
是深圳一个"80后"青年的杰作

天下之大，原本无疆
机遇不会无故垂青毫无准备的人
一群志存高远的新生代
用智慧和努力，本着"就是想好好玩一把"的理念
从车公庙一间地下仓库起步
让儿时埋下的那颗种子苏醒发芽
带着精心雕琢的想象力滑行、冲浪和翱翔
开创了非专业无人驾驶飞行器
独一无二的市场
目前，公司估值已经达到100亿美元

2007年亚洲金融风暴席卷全球
金融业的寒冬，却成了科技领域的春天
为了给自己一个交代，这些年轻人
执拗地、不断地追问下去
只有用实实在在的技术完善产品体验
才会有人为此买单

他们深谙市场规则

2009年完成珠穆朗玛峰的试飞

这是人类第一次在高海拔地区放飞无人飞行器

苹果创始人沃兹、微软创始人盖茨

美国运动、娱乐、科技领域的顶尖人物

被一对深邃而又灵敏的"眼睛"吸引

纷纷不由自主地间接代言

失败者可以找到诸多理由

持续的成功却没有任何侥幸可言

生活中，人们总是乐此不疲地希望搭上顺风车

但无论从哪个方向吹来的风

对你而言都不会是顺风

无数次尝试、失败、再尝试

打破、反抗、重建

他们用产品说话，向世界发声

成为"中国从廉价制造到创新模式的代表"

他们代表深圳，也代表龙的传人

在向世界表达自己的思想

长江后浪推前浪，世界前进的脚步声

当然少不了炎黄子孙的铿锵

你负责阳光雨露，我负责茁壮成长
"创客之都"深圳已成为创客们的乐园
虚拟人、云智慧、太阳能发电、3D打印机
传感器网络、万物网、下载人类意识……
只有你想不到的
没有他们做不到的
新人类、新天地、新经济、新机遇
在相互成就之间，新一曲"春天的故事"正在奏响
新的故事已在上演

27

从渔村蜕化成国际大都市
阿姆斯特丹用了七百年
东京用了五百年
香港用了一百五十年
深圳只用了四十年
这叫深圳速度，与传说无关
这是前辈对我们的殷殷嘱托
即便前面有重重困难
我们都没有理由停下来迟疑片刻

三十多年前，有一个年轻人

三伏天，身上的盘缠只够从湖南邵阳县双江乡

坐汽车到东莞长安

他不吃不喝紧赶慢赶，走了一天一夜的路

来到宝安，只为寻找一份糊口的工作

脚上穿的千层底布鞋

早已磨穿

那吃力向深圳走来的，仿佛是一群人

又好像是一个瘦弱的时代

深圳相信眼泪

那是面对苦难的真情流露

深圳更相信双手

那是改变命运的唯一武器

那时，深圳各级单位一年中最后的任务

是动员市民留深圳过年

新春佳节的空虚、冷清和寂寥

曾经令深圳陷入尴尬

大家都是过客，都把这里当成临时栖身客栈

现在是千方百计鼓励市民

利用春节假期去世界各地游玩

去播撒深圳自信的音容笑貌与风采

从饥饿的阴霾中走出来
人们挣脱枷锁、对外张开怀抱
拥抱一切新鲜的空气和阳光
不怕苦累、不惧流血流汗、不愿重蹈父辈覆辙
我们来自大江南北、长城内外
在"东南西北中，发财到广东"的感召下
从西到东，栖身于松岗、沙井、福永、西乡
南山、福田、罗湖、盐田、布吉、横岗、龙岗、坪山、坪地……
在还不标准的厂房，剪裁缝烫、浇制模具
打磨抛光、添砖加瓦、印刷装潢、安装电子元器件
把从中国香港、中国台湾、日本、美国及欧洲各国
运来的原料散件，加工组装成商品
再打包发运到地球的每一个角落
让白种人黑种人黄种人棕种人使用和喜爱
成为生活不可或缺的一部分
并从此离不开深圳制造

从"三来一补"、来料加工
赚一点加工费、挣一些辛苦钱

到拜师学艺，自立门户
拥有自己的知名品牌和知识产权，实现深圳创造
卫星、飞人机、汽车、手机、手表
计算机、生物制药、医疗器械、高新技术……
军用民用产品，琳琅满目，包罗万象

崇尚创新，宽容失败
不拘于地域、文化、国别、信仰、族群
拓宽国际视野和开放心态
吸引和集聚全球各类创新技术顶尖人才
科技、金融、产业、环境
构建多位一体的城市创新生态体系
完善城市功能、产业模式、城市结构的更新
跻身全球一流的创新枢纽城市

用四十年的时间，渔村难觅打鱼郎
渔船躺在博物馆，渔民住进了高档的楼房
我们还有很多梦想等待发芽
我们把那些未竟之志播种在前海
那片深港合作区，是大陆、香港、世界青年
创业的新蓝海，南海潮涨潮落
岁月滔滔不绝，每一天都是深圳新的起点

这座新城是一群人的杰作

是我们几代人在历经磨难洗礼后

接受历史赋予新的使命

是我们弹奏的这个时代的最强音

改革开放和和平的红利

我们是开拓者，我们是收割者，我们是受益者

城市更需要我们的精心呵护与珍爱

中国自古以来都是礼仪之邦，温良恭让

发扬光大这些优良品质是我们这代人的天职

美国的柯达、杜邦、甲骨文、艾默生、霍尼韦尔

日本的东芝、索尼、理光、佳能、川崎重工

英国的壳牌、联合饼干、考陶尔兹

德国的西门子、汉莎、德累斯顿银行

韩国的三星、现代、鲜京

法国的达能、里昂信贷、阿尔卡特、汤姆逊

瑞士的雀巢、阿西布朗索法瑞

荷兰的飞利浦和荷兰国际

新加坡的创伟力

澳大利亚的邓禄普

加拿大的北方电信……
这些世界 500 强企业，有一百多家
在深圳开枝散叶
曾经为我们的国民生计输血
他们的基因已融入中国经济的 DNA
我们要与他们同呼吸共命运
即便是太平洋刮来超级台风，都无法撼动

深圳，在地球的东方
塑造了一群不服输的人和一个昂首阔步的时代

这片土地与一百年前并无二致
是因为有成千上万个想改变命运的人
先改变了自己，改变了观念
让深圳充满生机，是我们用双手创造的财富
让深圳富有色彩，是我们奇妙的构思
让深圳成为无法割舍的家园，是我们的梦想
这片曾经多灾多难、却坚韧不屈的土地
这片现在美轮美奂，未来欣欣向荣的土地
因为我们，所以青春
因为我们，所以从容

因为我们,所以丰满
因为我们,所以深圳

2020.6.22—7.26

深圳叙事·跋

——兼与老亨商榷

"每一个名字,每一种称谓
都是打开深圳的一种方式
都是改革开放这本大书上的醒目标题
它们从不同方向定义深圳、临摹深圳
一起,构成了城市的骨骼、血肉与经脉
是的,深圳是坚硬的,也是柔软的、澎湃的
深圳是一首叙事诗
每个人都有自己的故事
那么,现在,让我们将这张地图继续放大
大到足以看清一个人的脸庞、放下一个人的内心
这几天,'我们40'在城市流传
今天的晶报,大片大片版面被这一群特区同龄人占领
其实,每个深圳人

都是'我们40'的一部分、城市的一部分
正如泥土是土地的一部分、飞鸟是天空的一部分"

以上是深圳《晶报》"社论诗"的一部分
是《面朝世界 读懂深圳的时间简史》的一部分
是诗人李跃记者李跃深圳人李跃的一部分
把社论写成诗的创举前无古人
必将成为一个经典一个传奇,李跃说
创作灵感主要来自拙作《深圳叙事》,我知道
这主要是李跃的谦逊,不管怎么说
这都是我的一部分

《深圳叙事》叙述的就是
深圳的过往今生,深圳人的点点滴滴
不说教、不浮夸,实事求是
是你的我的他的深圳人的
昨天、今天和明天
也就必定成为我们的一部分
敢闯敢试、善于创造、精于创新的深圳人
不会停歇在一条道路上某个点
不会沦陷于自满自足

牛郎会耕田、打柴、担水
织女会煮饭、纺纱、织布
他们于是展开合作：
你耕田来我织布，我挑水来你浇园
他们开始收获甜蜜的生活

四十年前，深圳融入国际经济大循环时
没有资金、产品、客户、市场、原材料和零部件
甚至没有关系
一穷二白、一无所有

那时的深圳，只有两样东西：
一是廉价的土地
二是精力充沛的产业工人
当年深圳的年轻人都"逃港"了
田地抛荒，无人耕种，是蚊虫荒草的王国
招商局想要两平方千米土地
开办蛇口工业区
国家免费划拨三十七平方千米的土地，送上一个半岛
那时的土地一文不值
可招商局望而却步

上屋怡高厂是深圳最早的"三来一补"企业

这家开在村委会二楼,工人不到二百人的工厂

女工的月工资能拿到八十元

而上屋村民的年收入不足一百二十元

这是港商主动过河寻求的合作

是深圳开启外向型"世界工厂"姻缘的

天作之合的起始

深圳掀开了自己破旧的红盖头

加工费是"三来一补"企业的唯一利润

1979年宝安县的财政收入是一千七百万元人民币

此后的十年,宝安的工缴费收入

达到十六亿美元,在国际分工中

我们靠着廉价的土地和辛勤的双手赚钱

养得起家

养得起城市的道路、厂房、宿舍、居民楼、城中村

养得起百货商场、餐厅酒吧、卡拉OK、电影院

养得起一个移民社会及其精神气

年轻人生气勃勃、风风火火

如饥似渴地穿梭在深圳的街头巷尾

工业区的流水生产线

成功谑浪笑傲，失败心甘情愿
色彩斑斓的文化，目光澄澈的面孔……
仿佛古老神州大地上横空出世的一个新物种

像淘金者，他们赚取工资
寄回老家，当时
周末的邮电局门口，常常排着长长的队伍
深圳四十载，过往不云烟
上亿人曾经在这里打拼和生活
有些人来了走，走了又来
有些人一去不回头
还有些人像一颗图钉，嵌入了深圳地图

曾经，这里只有成片的厂房、宿舍、食堂
没有婚房、幼儿园、学校
看不到老人和孩子
老小都留在梅州、潮汕、茂名、清远、韶关
留在广西、湖南、江西、四川、贵州
留在长江以北，黄河以北
那时的深圳还不是城市，只是一个大工业区
只有城市的形，欠缺城市的魂

20世纪90年代,深圳的大学生

多了起来,回不去的

年轻人多了起来,街头的孕妇多了起来

"家是放心的地方"的广告多了起来

深圳作为城市的意识才猛然苏醒

房地产像野草一样疯长起来

"三来一补"粗加工业的微薄加工费

在内地可以养家,在深圳只能自个儿糊口

无法按揭深圳昂贵的商品房

高附加值的科技创新型企业幸运而生

要养得起大学生、专业技术人才、专业管理人才

深圳工厂周边开始有了人间烟火

有了居民、学校、医院、公园

有了相依相偎的小情侣,有嬉闹追逐的儿童

有手牵手、闲庭漫步的鸡皮鹤发

有了菜市场的喧嚣

有了倚窗盼望的炊烟和等待

有了烟火味、人情味、生活味、城市味、尘世味

深圳小镇,初长成

我们常常沉浸于一个美好梦境

飘飘欲仙

突然一个意外，美梦戛然而止

一个时代还没有真正开始

就骤然结束了

深圳 GDP2017 年超过广州

2018 年超过香港，仅用了三十八年时间

从仅有香港的 0.2%

深圳 GDP 就实现了对香港的逆袭

坐实了粤港澳大湾区城市经济的龙头地位

沿着深圳河建成的外向型经济

越靠外、靠边境、靠口岸，越能参与国际大循环

因而越具天然优势

深圳每千人中拥有二百四十家商户、一百五十家企业

创业密度连续多年位居全国第一

深圳人的财富像泉水，源源不绝地涌现

无论东边发生什么

西边发生什么

南边发生什么

北边发生什么

深圳都会安然无恙

深圳的人和资金只会越聚越多

土地红利和人口红利是有限的
资本创造的复利、人的经验、创意和创造力
是无限的
越是缺乏财富创造力的社会
对财富的渴望就越强烈
打倒一个财主,分掉他的财产,吃光喝光
最后还是一个"穷"字
我们要抛弃对资本的仇恨
跟着有资本、有财富创造力的人
才能源源不绝地延续财富和财富社会的文明

深圳人要善待财富、善待企业家、善待有钱人
别人发了财,住进了大别墅
意味着他们家里要请保姆、厨师、医生、家庭教师
还有美发美容师、健康教练、理财顾问
有钱人是五花八门长长产业链的源头
有钱人一多,城市就会变得丰满、殷实、祥和
就会变得有趣味、有故事、有次第文化
所以要珍惜、怜悯和呵护
不可竭泽而渔

过去几十年，深圳人腰包鼓了
就去新加坡、澳大利亚、新西兰、美国
还有加拿大、英国、法国
或者去香港、上海、首都北京、省城广州
置办产业，拉动一方经济
至于富贵还乡，回老家买大宅者比比皆是

近些年，却见东南西北的老板、富二代、退休官员
拎着积蓄来深圳置业
深圳的人流于无声无息中发生了逆转
以前是坐汽车坐火车来深圳的人多
坐飞机离开的也多，现在是扛着行李的工厂普工
走在回家的路上，高净值的人群
都携家带口地走在来深圳的路上
以前是打工者一到发薪日就把钱寄往老家
现在是房子的首付款按揭款
像流水源源不断地从四面八方汇来
一座神似东京和纽约的消费型城市、财富型都会
正在悄然形成

深圳不会是一座开采过后就被遗弃的城市废矿

当年，一个人口不过三万的小渔村
如今已成为常住人口突破两千三百万的现代化大都市
仿佛是一场梦
令人惊叹的是，梦仍在继续

深圳虽然在广东
但她的毛孔和呼吸，散发出来的浓郁气息
不是地道的岭南文化
满城的普通话，五湖四海的菜肴
长城内外的草木花卉，都能在这里生根发芽

闻深圳的烟火，接深圳的地气
来了都是深圳人，来了就不愿轻言离开
求学在北京，工作、创业在深圳
这是当代有志青年的不二选择

我叙述的深圳，也会被时间叙述
被喜悦、被欣慰、被泪水
被坚强叙述
风会阅读、雨会阅读、阳光会阅读、岁月会阅读
像一个埋头赶路的少年，昂首挺胸

从远处款款而来，目光如炬
拥有青春、拼搏、创新、改革、开放的基因
深圳的血液滚烫、鲜红、奔腾
一百年、五百年、八百年后
深圳会依然如斯

2020.8.27

深圳最不应该遗忘的拓荒牛

——深圳叙事·梁湘篇

不断的改革,才有不尽的活力
一个城市的问题,正是这座城市的机会
做中国第一个经济特区的拓荒牛
如何跳出条条框框
从束缚人们思想和手脚的无形绳索
无形网络中挣脱出来

深圳市市长梁湘雷厉风行、斩钉截铁、说一不二:
谁要阻挡改革的道路,就把谁搬掉
他真的毫不含糊地搬掉了
横在罗湖口岸面前的罗湖山——
它挡住了他望向香港的视线
那里是他的窗口、坐标、呼吸新鲜空气的通道

当然,那片土地的价值更是颇具诱惑力

带过兵打过仗的梁湘
知道如何攻坚克难,改革开放
何尝不是一场旷日持久、刀刀见血的攻坚战?
不仅需要与先进和文明战斗
还要与愚昧和落后较量
梁湘常常感觉到自己腹背受敌
"主权"是当时他面对的最硬的堡垒
稍有不慎,他将被炸得粉身碎骨

让港澳公司带着先进理念、技术与资金
来深圳承担工程设计和施工
他想不明白,这怎么就"有损主权"?
那么坐日本汽车、用日本彩电
吸美国香烟、喝法国红酒的又算什么?
我们的主权可没那么卑贱
俯拾皆是啊
他想不明白,也就不再去想了

面对着铺天盖地而来的质疑和问难
他力排众议

他义无反顾

他劈波斩浪

他必须打破畸形的行业和价格垄断

砸烂出勤不出工、出工不出力的大锅饭现象

学习香港：

工程实行公开招标，优胜劣汰

走正确的路，让他们去说吧

可他们岂止是说？

他捅下的马蜂窝，把他叮咬得一身血包

各路人马不断地找上门来撕咬

三天建一层楼的"深圳速度"，便是在这种状态下

奇迹般地创造出来的

顶着风雨、踩着泥泞，艰难地向前行走

梁湘别无选择。他一到深圳

就推行"小政府、大社会"

实行政企分开，企业不需要太多的婆婆

企业需要的是良好的经商环境

需要的是信誉和信任

不需要早请示晚汇报，商场如战场

商机瞬息万变，稍纵即逝

他深信小平同志的话：

"不管白猫黑猫，抓到老鼠就是好猫。"

深圳的建设，应该是香港的明天

而不应该是香港的昨天

要建设多功能、组团式的城市布局

要杜绝内地那种单元的群体式的老一体

要多元化、多样化、绿化、美化

要同第四次产业革命

同明天的高新技术联系在一起

他讨厌那种火柴盒式的建筑

小孩放学找不到家门

外来游客认不出自己下榻的地方

千篇一律的格式

死板、老套、单调，了无新意和美感

他想把深圳建设成为美国首都华盛顿

那样的优雅环境、秀丽风景、功能布局合理

处处绿草如茵，鲜花绽放

宏伟的建筑掩映在绿荫丛里

鸽子、麻雀、喜鹊无忧无虑地在草地上

在枝叶间啁啾、跳跃

梁湘从美国、日本、新加坡和泰国等国考察回来
才知道我们曾经不知天高地厚
他要在深圳经济特区这张粗犷的白纸上
精心打造出一座现代化的国际大都市
一座炎黄子孙的骄傲

只有挑担子的人，才知道
扁担陷进肉里的疼痛
才知道担子的沉重、才晓得时间也有重量
开发上埗、八卦岭和水贝工业区
市政府一穷二白，搭了一个工棚挂了一个木牌
却迟迟开不了工，春去秋来
挖开的工地长出了嫩草

上面规定"买酱油的钱不能用来买醋"
手脚被死死地捆绑着
梁湘觍着脸找到银行说要用"市长"做担保
贷点款。好说歹说
才"违规"从银行贷到五十万元人民币
建起来一排排标准的现代化工厂
先后引进电子、食品、成衣、印刷、仪器仪表、机械制造等

这些在中国当时还十分先进的生产线

在引进通信设备时，又是"主权"问题作祟
来来回回折腾了两年
大家心知肚明，在自己的家里
那些所谓的"问题"都只是冠冕堂皇的借口
请示，汇报
再请示，再汇报
撕掉了"丧权辱国"这块遮挡牌
与英国大东电报局的合作终于大功告成
深圳的通信技术立马跃升至全国前列
1984年12月，程式控制电话交换机投入使用
可直接按号码同内地、香港、国外联系
深圳成为中国第二个开通直拨电话的地方

人才乃兴邦安国之本
深圳市的前身只是一个三类小县
当时流传着一首民谣：
"深圳只有三件宝，
蚊子苍蝇沙井蚝；
十室九空人南遁，
村里只有老和小。"

为了生存，年轻人都千方百计逃去香港"捞世界"了

不要说有文化知识的人才

就是能晃动的人头，也少得可怜

有一个渔村就剩下两个男人：

一个是年长的共产党员生产队长

一个是瘸腿会计

当时吃大锅饭的时代，人员流动

一律遵循铁板一块的统一分配

一个人的命运拴在一张小小的纸片上

吃喝拉撒、生老病死

一切都听从上面的安排。俗话说：

巧妇难为无米之炊

缺米又无巧妇，特区政府岂不要喝西北风？

梁湘们又欲使出开天辟地的一招

方案报到广州和北京，如泥牛入海

等啊盼啊，望穿秋水

反复派人北上沟通汇报、软泡硬磨、死缠烂打

功夫不负有心人，方案终获首肯

敢闯敢试，敢为人先的深圳

在北京、上海、天津、武汉、成都、沈阳、长沙

公开招聘人才的消息

经过媒体的渲染，有如春雷

回响在古老的神州大地

一石激起千层浪

惊醒了许多在体制内沉睡的人才

像春天的鱼儿沿着解冻的河水，逆流而上

1979年只有两个工程师的深圳

猛然增加到七百余人，能自行设计三十层以上的高层建筑

梁湘们一次次冲破禁忌

在改革开放的崎岖道路上披荆斩棘，猛冲猛打

也在不断地为自己积累风险

伴随着大规模城市建设，水泥、钢筋、木材

这种按城市规模和人口指标调拨的物资

奇货可居

当时深圳的年需求量超过百万吨

而给予深圳的定量只有区区两万余吨

相差十万八千里

那时一个人一个月只能分配到半斤猪肉

几两鱼和几两食用油

吃饭也是按粮票定量限制

物价像一把无形的、巨大的枷锁

制约着深圳的活力和生产力

物价跟内地市场脱钩，与国际市场接轨

迫在眉睫

价格体制改革已走到瓶颈

这个关隘非闯不可

改革无非就是利益重新分配

梁湘像当年冒着敌人的枪林弹雨

全然不顾自身安危，去踩取消票证的地雷阵

1984年11月1日，深圳率先在全国

取消粮票、肉票、油票、鱼票、布票、香烟票、火柴票

所有商品敞开供应，价格放开

实践是检验真理的唯一标准——

深圳的物价并没有像一头吊睛白额虎

闯祸伤人

社会没有动乱、物价没有暴涨、生产没有萎缩

深圳终于杀出了一条血路

为内地的物价改革提供了经验，增加了勇气

打破一池死水，梁湘再一次把自己

推到风口浪尖

1984年，深圳人均国民收入
达到一千美元，而当时内地工人的月薪
才区区几十元人民币
四年时间，不过是历史的一瞬间
奇迹出现了，人们赞赏
但更多的是惊讶、也有疑惑、猜忌、作梗
是合资还是出卖？
是开放还是复辟？
是引进还是卖国？
是富裕还是肿瘤？
是天之骄子还是怪胎？
梁湘的额角，沁出细细汗珠
腾飞的大鹏展开的是一副沉重的翅膀

"吃的是草，挤出来的是奶"的孺子牛
西装不敢穿
市民穿牛仔裤
都受到莫名其妙的责难
思想的桎梏
依然让人喘不过气来
深圳一家图书公司展出从台湾进口的绘画书刊

只因里面有裸体作品，引发轩然大波
说什么资产阶级糜烂思想泛滥
举国上下的舆论大加挞伐
梁湘不以为然：扑灭了人的思想和个性
也就消灭了他们的创造力

梁湘曾经为自己没有干成的几件事
而深感遗憾，其中之一
就是发行特区货币，他幻想
突破形成几十年的外汇管制，加快货币流通
以利于深圳外向型经济快速发展壮大
这次，他的"狂妄自大"
无异于痴人说梦，第一个吃螃蟹的人
就要时刻准备承受失败的打击
帽子棍子、流言蜚语，并没有令他退缩

深圳市工业总产值从 1980 年的五千一百万元人民币
1983 年达到七点二亿元，连年翻番
梁湘却承受着四面八方的非议，里里外外的压力
1984 年，改革开放的总设计师邓小平
在深圳视察时题词："深圳的发展和经验证明，
我们建立经济特区的政策是正确的。"

这份肯定,让他稍稍松了一口气
在一个一穷二白的地方,五年的时间里
盖起九百二十九万平方米的高楼大厦,已实属不易
更何况是建造了一座现代化的城市?

正如一位曾获诺贝尔奖的华人物理学家所言:
"中国的开放怎么样?你到深圳来看看就明白了。
一座多么美丽的崭新的城市!"
而梁湘挨的批评、指责是如此严厉
除了沉默,他还是沉默
他无异于成为一位胜利的失败者

此时的深圳流传着另一首歌谣:
"如今我们不同前,身上袋有三种钱;
人民币来外汇券,还有港币万千千;
家家盖起小洋楼,安居乐业赛神仙;
花生黏糖嚼落肚,特区日子香又甜。"
后来,当年逃港的人,有的回到深圳投资办厂
有的返回深圳颐养天年
人心所向,这无疑是对深圳最有力的肯定

"如果我必须生一千次,

我愿意生在这个地方；

如果必须死一千次，

我也愿意死在这个地方。"

在离职大会上，作为中国改革开放的

践行者、排雷工兵、顶着"当代李鸿章"帽子、

行将卸任深圳市市长之职的梁湘

深情朗诵智利诗人聂鲁达的动人诗句

他想把自己死后的骨灰

安葬于梧桐山上，他想看着深圳继续成长

他的这个遗嘱，迄今未能如愿

而我看梧桐山上漫山遍野绽放的簕杜鹃

朵朵都仿若他那淡然的笑靥——

火红而灿烂

2020.9.21

那一夜，蛇口花店里的菊花一概免费

——深圳叙事·袁庚篇

任何改革，总是利益关系
利益指向的重新洗牌
或者说是博弈
曾经那些筚路蓝缕、披坚执锐的改革者
古今平安着陆，完好无损的有几人？

当年敢在潮头行船的好汉
大多数在大江东去的途中翻船，落水
而有一个全身而退的人
能笑到最后
凭着谨慎、机警和睿智

一河之隔

一方莺歌燕舞，一方厉兵秣马

南岸人民安居乐业，北岸生灵食不果腹

穷则思变，民心所向

饥饿的脚步早已不听使唤

1978年11月22日

袁庚一行人谨慎、忐忑地走过架在深圳河上的木头桥

——罗湖桥

到处都是军队

牵着军犬，荷枪实弹地来回巡逻

还有持枪的民兵

戴着红袖章的地方干部

三步一岗、五步一哨、如临大敌

临近年末，逃港的风潮，有愈演愈烈之势

这是血泪啊，也是无奈的控诉

"宁要社会主义的草，不要资本主义的苗"

显然是自欺欺人

脑袋疙瘩相信，肚子都不会答应

没有什么比饥饿更诚实的

人民用脚投出了自己的一票，甚至

不惜豁出生命

袁庚相中用来开办工业区的蛇口
海对面是香港元朗
坐船大约四十分钟，游泳需要十几个小时
这里也是偷渡者游水去香港的出发地
接待他们的蛇口公社书记说
常常有溺水者的尸体，被潮水冲上沙滩

蛇口镇已是十屋九空，概由铁将军把门
剩下的皆为老弱妇孺
荒野抛尸，往往无人过问
筹建工业区的工作人员，常常要掩埋无名尸骨
三个不胜荒芜的年轻人，竟然
在傍晚时分，从海上捞起随波逐浪的骷髅头
垒在沙滩上玩耍
令袁庚毛骨悚然，更是雷霆震怒
立即召集所有的人员，在简陋的铁皮房里开会
严令对死者的大不敬，违者严惩不贷

面对这块自己当年带领东江纵队炮兵团解放的土地
他紧锁眉头，满怀疚愧：
人民的生活还大不如前
这到底是为什么？

如果这是噩梦的话，就让它赶紧过去吧

1979年7月2日，一个普通的日子
炸山填海，蛇口工业区基建工程破土动工
这是改革开放的第一声"开山炮"
中国改革开放的第一幕
在南海边的一个曾经的偷渡点——
蛇口公社正式拉开
地动山摇、南海咆哮、这块被惊醒的土地
有惺忪和阵腐，有疑惑和观望
也有新鲜泥土散发出来的芬芳，刺激着
中国的感官

万事开头难
何况在满目疮痍的土地上？
袁庚去香港招商局任职，还身负着统战工作
后来还秘密潜入越南，做过越共领导人胡志明的
炮兵和情报顾问
筹备工业区的临时总指挥面临千难万险
重重困难面前，一年后
选择急流勇退，袁庚只好自己披挂上阵

阎王好见，小鬼难缠
事无巨细摆在眼前，他对选择离去的人
给予了理解和释然。距离工业区门口
区区百米的路面，公路部门
就是不给铺上沥青，每一个资源垄断的部门
都是一座高攀不起的大山
各自死守着一亩三分地，吃拿卡要

当年能在日军占领的香港搜集情报
又从战火纷飞的越南全身而退
全凭机警和随机应变，尽管在艰难岁月里
被关进秦城监狱，不幸中的大幸
能活着见到自己的平反昭雪
他已是个幸运儿，多少个生龙活虎的战友
无声无息地消失
在岁月的尘烟中，让人陡生叹息

初来乍到香港时，为了赢取下属信任
自己并非死板呆滞的"表叔"
袁庚竟然让下属陪自己去观看风月片
这在当时可是天要塌下来的
仅此一次，足可以把他打入十八层地狱

令他再次身陷囹圄

这次,自己冲到筹建工业区的最前沿

他给自己立下只能成功,不许失败的军令状

尽管他自己心中都没有底

路、水、电、税、通信,没有一件事情

不令他心怀忐忑,但他知道

开弓没有回头箭

眼下只能是兵来将挡,水来土掩

新生事物难免要经受磨难

如同婴儿学步,不可能一帆风顺

总是要跌几个跟头,嗷嗷哭上几声

袁庚他们历经万苦千辛,土台子是搭了起来

但要把主角们请进来,除了卖笑

煽动三寸不烂之舌,他们也没有什么特效药

我们关着门打土豪,割资本主义的尾巴

与天斗、与地斗、与亲爹亲娘斗、与老祖宗斗

可谓地覆天翻,六亲不认

香港的媒体都直言不讳地公开宣称:

"政治不稳,言而无信,

投资蛇口工业区,高人认为无保障。"

要让"万恶"的资本家相信我们

对我们的唾沫星子深信不疑

并乐淘淘地掏出真金白银

到荒山野岭来投资办厂

不仅要给他们尝到甜头，更要给他们吃下定心丸

要让资本家们相信，蛇口是一块迷魂药

谁来了都会心之怦然，不再想离开

袁庚想，哪一天让资本家赚到钱，蛇口就成功了

要在计划经济的基因里，培育

曾被我们深深伤害的资产阶级市场经济

无疑是如临深渊

春风虽然降临冻原，寒冷依然刺骨

经过长时间的封冻，板结的土壤

依然僵硬而贫瘠

对新生事物总是感到恐惧、担忧和排斥

春寒料峭，红梅的枝头压着积雪

社会上和报刊上对"新租界"的讨伐

此起彼伏，甚至

有人把正常的国际贸易谈判

说成是资产阶级又一次向我们发起猖狂的进攻

江河解封，冰凌涌动，锋利胜似刀片

袁庚曾经秘密调查过别人，斗转星移
眼下他常常成为被秘密调查的对象
每一步都得小心翼翼，提防明枪暗箭
袁庚时刻绷紧着神经：
第一是小心，第二是小心，第三还是小心

国家要给他整个南山半岛
他却只敢吃下三百亩土地，作为
一块试验田，一根"试管"
失败了也不影响国家大局，要烂也是烂在国内
大不了自己再去蹲秦城监狱——
那里的蚂蚁，曾经是他唯一
可以信赖的生命
给他慰藉和活下去的希冀

一栋厂房，二十七个日本人
仅用二十三天的时间，争分夺秒地盖好了
下雨天工地上没有一个中国人
日本人却一个不少，那种危机感和拼命精神
值得我们深思

改革就必须从人的观念开始，改变人事制度
薪酬制度、一定要改变"大锅饭"
熬成"大锅粥"的现象
袁庚惊世骇俗地提出
"时间就是金钱，效率就是生命"
批评如潮水汹涌而来：
以金钱论英雄，是腐朽没落的资本主义思想
是资本主义的灵魂复辟

那些帽子和棍子并没有吓退袁庚
他甚至石破天惊地口出狂言：
资本主义是有财产的人，剥削没有财产的人
而我们是懒惰的剥削勤快的
愚昧的剥削聪明的
没知识的剥削有知识的
如果是同样的两种剥削，他宁愿选择前者

那时的单位和学校，经常组织
"忆苦思甜"活动，而他从国外的著名大学
请来知名心理学教授授课
告诉大伙"思苦思甜"就是降低你的期望值
消除你追求美好生活的欲望

使你感觉到日子已经过得很好了

这无异于麻痹人的斗志

什么是幸福?

幸福的感觉就是个人的期待与现实之比较

一股新鲜空气从海外、从香港

刮到这个曾经被人遗弃的地方

仿佛是晨钟暮鼓、铜琶铁板

蛇口人开始以全新的观念与光阴赛跑

用激情锻造辉煌

在南海之滨书写可歌可泣的传奇篇章

工业区自成立以来,始终伴随着

请示、汇报

再请示、再汇报

反反复复、来来回回

手脚被紧箍咒牢牢地捆绑住

消费着他们的斗志

也磨炼了他们不到黄河心不死的意志

每一次与灰色中山装较量

他们的西装革履和意气风发

总能化解一些尘埃和暮气

他们俨然是一群斗士,手执利剑、双眼发光
誓在这片土地上,杀出一条血路来
哪怕自己心力交瘁,遍体鳞伤

古人言:"海不择细流,故能成其大;
山不拒细壤,方能就其高。"
好的制度可以把虫变成龙,反之亦然
袁庚深谙此道,他打破常规
在全国搜罗人才,破天荒地实行人才招聘制和合同制
工业区领导班子推行民主选举和企业经理聘用制
要走向光明之途,没有干部体制的改革
没有民主、自由、平等的诉求
改革不可能完善,也不可能持久

他鼓励那些把人才视为私人财产的单位的年轻人
要敢于辞职,要勇于放弃
没有组织关系和户口,蛇口都接,甚至
还可以重做一套档案
袁庚还天真地认为,蛇口若失败了
中国真的就没有什么希望了

袁庚曾经在《人民日报》上公开表态:

在蛇口不许以言治罪。并赞赏
"我可以不同意你的观点，但我誓死捍卫
你发表不同意见的权利"
他自办的《蛇口通讯》报上发表了一篇
批评袁庚的文章，有人大为震怒
说是在太岁头上动土
他却一笑置之，并给予肯定
这股清风正气令这个曾经死气沉沉的小渔村
凤凰涅槃，焕发了脱胎换骨的变化
充满着生气和活力，大南山脚下的荒芜
再也捆绑不住人们向往富足的脚步

流水似光阴，光阴也似流水
短短数年间，这个弹丸之地的人均GDP
达到堪比"亚洲四小龙"的五千美元
相继诞生了中国第一家股份制中外合资企业
第一家股份制商业银行
第一家民营保险公司
第一……
一生二、二生三、三生万物……

《教父》中的男主角柯里昂说过：
生活就像是一箱手榴弹，你永远不知道
哪一颗会送你见上帝
袁庚无疑便是蛇口工业区一言九鼎的"教父"
他非常幸运地躲过了那些手榴弹
自他离休后，蛇口工业区改革的锋芒
便黯然失色

美国律法大师罗尔斯说过：
建立在个人开明的基础上的威权体制
如同"沙上之高楼"
一旦那个威权人物退位，或影响力消退
它所具备的进步性便自然而然地消失了
袁庚和他的"桃花源"蛇口，正应验了这一论断

2016年1月31日，改革开放的急先锋
袁庚先生与世长辞，消息不胫而走
晚上八时许，蛇口女娲补天雕像前
自发来此的民众，簇拥如墙，花束似雪
夜幕中霏霏细雨如泪飘散
人们想留在那个时代里，依依不肯离去

那一夜,蛇口花店里的菊花一概免费

2020.10.1—2

深圳抒情

改革开放

您摘掉了帽子

我填饱了肚子

他心中有一个远方

莲花山

再高

也高不过一个伟人的走向

一个要从积贫积弱中杀出一条血路的伟人

一个一言九鼎的人

一个思想高耸入云的人

志高,人就高

山也一样

小平同志昂首挺胸矗立山顶广场

市民中心在他眼中展开鲲鹏一般的翅膀

奋力翱翔

始终没有偏离开放的视线

深圳传奇

小渔姑出落成亭亭玉立的

摩登女郎,中国的男女老幼都想来瞅一眼

各种肤色的人来了都想留下来

都想把青春、智慧、活力、汗水献给她

做她一生一世的情人

爱美是她的天性,深南大道上的

小叶榄仁、大王椰、凤凰树、簕杜鹃、美人蕉、四季海棠

青翠欲滴,争奇斗艳,那些免费进出的

四季公园、图书馆、音乐厅

让外地人好生羡慕

一栋比一栋高大、挺拔、帅气的摩天大厦
仿佛她胸前的珍珠项链,硕大而璀璨
在南国的阳光下,光彩照人

因为年轻聪慧,总是充满着奇思妙想
出自她的无人机、基因测试、量子通信、手机支付
不仅挣了花绿绿的外汇,还拉近了与世界的距离
闪了各色眼睛,玩转了扑朔迷离的地球村

她也有烦恼,城中村是她幼年时的旧疾
肮脏、斗殴、卖淫、吸毒等,这些疑难杂症
曾经让她蒙羞,让她浑身难受
如今旧改的手术已全面铺开,深圳人民
正在给她制作一件端庄灵秀、曲线美妙的花衬衫

工业区

南飞的群雁
选择在南海之滨落脚
在这里勤奋啄食

各种方言汇成无数的小溪

在车间和宿舍间

潺潺流淌

肥硕的工装

遮不住青春的线条

兜里装满家人的叮咛和期盼

各种各样的奇思妙想

在车间里剪裁、加工、组装、打包

发往世界各地

他们也组装工单之外的爱情

托运在春运的列车上

发往故乡

簕杜鹃

深圳市花,又名三角梅

三片花瓣,绽放似火

无论长于何处,都像点燃一片吉祥的中国红

叶常绿,花常开

勤奋得像四季忙碌的深圳人

街上只见奔波的身影，不见悱恻的驻足

花开得没有月季那么富贵

也没有白玉兰那么矜持

它像执着追求的深圳人，拒绝繁缛

要开就开得持久，开得无所忌惮

来了都是深圳人

管你来自东南西北中

像远道而来的簕杜鹃，来者不是客

来了都是深圳的主人，天上的

深圳蓝，欣然接受它火红火红的灿烂

渔农村

渔农村原本滨水而居

现在离水越来越远了

想去看看大海，还得开上心爱的跑车

渔农村出国企董事长、总经理

出中小企业主、政府官员、医生和教师

就是不出昼伏夜出的渔农

渔农村有三十多层的高楼,有
工业区、超市、医院、学校和卡拉 OK
就是没有抹不掉鱼腥味的渔船和渔网
渔农村把仅有的几艘破旧渔船制成道具
把村史、前打鱼能手和渔号子制成光盘
在渔农村博物馆赚取外宾的点赞和外汇
渔农村都是世世代代以打鱼为生的渔农的后代
却找不出渔农的接班人

在深圳

云之上,不都是云
还有穿云而过的摩天大楼
土之中,不全是蚯蚓
还有四通八达的奔驰的铁龙

流水线上优雅挥动手臂的,不全是人
还有不吃不喝,不知疲倦的机器

在海水中奋力游弋的,不都是鱼
还有从五湖四海赶来淘金的人
蓝天下穿梭的,不全是风

还有来无影,去无踪,勤奋就能逮住的机遇

在深圳
梦想,不是梦
是打拼
时间,不是时间
是金钱

七娘山

七个仙女爱慕人间被天庭惩罚下凡的传说
善良的大鹏湾真的就信了
给她们安排了南海边最好的栖身地

天宫打此路过的姐妹常常洒下怜悯的泪水
但她们却把日子过得花团锦簇
飞禽走兽也纷纷前来串门走动
淘气的海就常常围着她们瞎起哄
来了去
去了又来

仙女容颜不老,海却渐渐长大

不知是从什么时候开始

大海就不停地给她们唱情歌献浪花

还在月光下用腹语吟情诗

显然是动了真情

梧桐山

也算是一方诸侯了

你暗暗使了多少年劲，向上拱

才到达这个高度

当初去见你时，绿树成荫，鸟语花香

没有保安，无须买票

你一身清风，沉静，自然

亲民

时间一长，你动起歪心思

要建寺，要请神

天底下多少达官显贵求神拜佛

该出事的不也一个不剩？

不做好自己

非要把周围搞得乌烟瘴气

逢年过节那求香拜佛的塞车长龙

分明是阻挡了民心的靠近

凤凰山 *

每次来到山顶

发现我的灵魂还在山脚匍匐

凤岩古庙的香火旺盛

游人烧香亦如抛币龟池心态各异

索求必定不尽相同

而我只想潜入文应鳞的望烟楼

看看夕阳下还有无不饮的人家

每次我都被铁将军冰冷的面孔拒之门外

但我还是十分庆幸

山脚下的行乞者被比铁将军更冰冷的脸

挡在山门之外

---

* 文应鳞每天傍晚站在望烟楼观望,看山下谁家没有炊烟就救济谁。

面对慈眉善目的观音菩萨

我想虔诚地跪下敬上一炷香，双手合十

向她叩问

望烟楼的钥匙是否已经丢失

大笔架山

把城市的疲惫、浮躁、孤寂和灵魂

置于漫山遍野的芦苇花蕊，随风飘扬

瞬间就被秋风扫荡得无影无踪

粗野狂放如这空旷的秋天

我放肆地在你的名字上轻狂

踩住你笔架一样倔强的脊梁

像踩着锋利的刀刃

撕开被领带五花大绑的咽喉

给蓝天一记响亮的巴掌

嘶吼一声，被空调控制的欲望和

岁月的累赘纷纷跌落万丈悬崖

随心所欲的喘息张牙舞爪

放胆与狂野的山风做一番深刻较量

此时,我就是一支放荡不羁的笔

用狂草书写解除对汗腺的封杀

蛇口渔人码头

渔号子除腥祛味搬进宽敞阔绰的高楼

只有淡淡的咸腥味

还在码头恋恋不舍

背后群楼的阴影不断向你施压

熟悉的身影一个个从记忆里褪去

只有与你争斗了几十年的海浪常来串串门

陪你唠唠嗑

远处有无数双贪婪的眼睛

正透过比房价还高的手段

以无钩无饵无形的钓线

盯着你

我偶尔也来垂钓

但拿不出像样的诱饵和足够硬气的钓竿

来钓你这么肥美的大鱼

阳光洒在深圳的东边

阳光洒在深圳的东边

滋润着大鹏所城斑驳而纵容的记忆

和我明媚的思绪

你的一砖一瓦是历史的一章一节

是朴素而善良的泥土

经过反复的揉搓和锤打

经过烈火炽焰的严酷诘问

经过窑洞漫长的黑暗统治

才铸就你铮铮的身子骨

你的脚步厚重而辽阔

锈迹斑斑的长矛

不仅陈述着发黄的苦难和辉煌

墙角的马鞍略显倦意

但城头的旗帜依然不失当年的血性

伫立在沧桑岁月的褶皱里

无论时光如何演绎

你沐浴在春风中的巍峨气魄

依然虎虎生威

清晨,在深圳河邂逅一对琵鹭夫妻

太阳还没睁开眼

深圳河打着哈欠

唤醒河水的

是一对早起捕鱼的黑脸夫妻

它们洁白的翅膀轻轻抚摸着水面

脖子像推着犁铧在水中耕耘

动作整齐,步伐轻盈优雅

仿佛在演绎一曲双人芭蕾舞蹈

其间双方的头、脖子、胸和翅膀不断磨蹭

这些亲昵的动作频繁上演

现在它们依偎在浅滩

含情脉脉地给对方梳理羽毛

可能还说着别人听不懂的情话

河畔长椅上有两个人在小憩

身上的黄马甲荧光灯一闪一闪
累弯了腰的扫把倚着水泥护栏一言不发
女的把头枕在男的大腿上
一支粗糙的手掌不停摩擦她的黑发和脸颊
她呢喃着我听不懂的家乡话
像河中那对恩爱的黑脸琵鹭
在这春寒料峭的早春
彼此用柔情温暖着对方
还有晨跑中略感寒凉的我

世界是多么安谧和温馨
此刻，我突然发觉
我是多余的
慢慢升起的太阳是多余的

我敬仰南国春天的落叶

秋天的黄叶，自乱阵脚
在寒冬来临之前
慌不择路地落荒而逃
像兵荒马乱年代不战而败的溃兵

我敬仰南国春天的落叶
它们没有被秋天金灿灿的诱惑收买
没有被冬天凛冽的严寒打败
它们忠诚地守护着树枝
捍卫了绿叶的尊严

当大地觉醒，万物重生
当崭新的绿色旗帜插满山岗田野
它们脚步轻盈，从容不迫
静悄悄地回到大地的怀抱
生怕惊扰了春暖花开，不回头
不带走一片色彩

有担当，不栈恋
我敬仰南国春天落叶的胸怀

重返东坑

1
我后悔，这些年东奔西跑谋生
没来东坑，更新记忆
以至于，我的印象仍停留在去东坑村的摩托上

后面，跟着一条割不掉的灰尾巴

要不是 GPS 确认无误，我真的
不敢相认，那个贫困小村
出落得如此楚楚动人

2
1991 年，我还是年轻后生
东坑村暮气沉沉，蛇行小路的
尽头，拴着一串黑黝黝的瓦房
一条黑水沟，搭在东坑村的脖子上
并在胸前打个小结，这片水洼
早晚传来参差不齐的捣衣声

那时，深圳已是全国人民的热土
深圳西北角的东坑，只是东坑人心里的痛
也是市县扶贫工作队的据点

驻村半年，无法把低矮的瓦房
扶成漂亮洋房，无法把弯曲小路
扶成宽敞街道，无法把外出打工的
人心，扶成一股蓬勃力量

我们只扶来了自来水,要让
旧东坑脱胎换骨,只能靠
东坑人的勤劳和智慧

3
茅屋长成高楼大厦
杂草丛生的荒地,建起
高新技术的流水线,荔枝
变成生态果园挣外汇的头牌
荒山野岭摇身一变,成为
休闲娱乐公园,山村
在二十年间,蜕变成现代社区
年轻时逃港谋生的阿伯,返回
新东坑,颐养天年
就连高铁,也不得不在村口歇脚
沧桑变化,我从东坑人的脸上
读出喜悦、幸福和豪迈

4
新东坑,已不仅是东坑人的骄傲
五湖四海的追梦人,选择
新东坑安居乐业,给她注入

鲜活的生活气息和永不枯竭的
创新动能,永葆她
青春靓丽,活力四射

拥抱尖岗山

张开思绪,揽你入怀
亲爱的,我要与你朝夕共枕
铁岗水库的绿波,听负离子
在我们的梦中呢喃

四季常青的树,是我写的一首首
情诗,春夏秋冬绽开的花
是我写的一封封情书,亲爱的
你多情的怀,是我生命的归宿

我祈祷南海的风,轻轻地给你摇扇
我祈祷悲悯的穹苍,在你
饥渴时,普降甘霖
亲爱的,在每一片微小的绿叶下
我们相亲相爱,酣然入梦

忘记世外喧嚣,忘记人世苦海
寂寞时,邀一只麻雀聊天,烦恼时
像蚯蚓一样独自隐匿,亲爱的
世界有多大,痛苦就有多大,而你就是
我的地,我的天

天　真

母亲偷偷告诉我一个捂了二十年的
秘密,那个一辈子要强
不服输的老小孩,日思夜想
在深圳买一套自己的大宅

她说住儿子的房子不自在,她用退休金
每天下楼购买两注福利彩票
定时收看开奖信息,雷打不动

母亲说,她越活越矮
买彩票就能勾到越走越高的房价?
八十岁的人,还那么天真!

罗湖桥

秦、汉、唐、宋是从石板桥面走过的
元和明是从木板桥面走过的,风雨飘摇的
清,最后一趟是从铁路桥面走过的

深圳河从历史深处潺潺而来,河面被岁月
啃过,被贫穷,落后蚀过,被列强的
鸦片和洋炮撕咬过,最后成为
两岸人民无法自由跨越的一道痛苦的屏障

载着鸦片、洋油、洋布的火车,和载着
粮食、猪肉、蔬菜、水果的火车在桥上
擦肩而过,载着各自的满足和苦难

一声春雷从桥上奔驰而过,神州大地开始
下起一场淅淅沥沥的春雨

蛇 口

当年,从香港元朗和流浮山北望,是一片
无边无际的原野,是杂草的天下
窄窄的南海水道,隔开着宽宽的两个世界
有人从高倍望远镜里寻找乡愁的良药
有人从高倍望远镜里寻找骨子里的优越感
有人趁天黑月高,徒手横渡大海
有人被鲨鱼收留,杳无音信

1979年的夏天,北边的原野上响起春雷滚滚
水泥丛林破土如雨后春笋,落寞的
瞭望塔已不解瞭望的饥渴,和渴望
财富升值的步伐
跨过深圳河,奔向希望的蛇口
这片沉睡了太久太久的土地,全新的
价值观念、人才观念、时间观念纷纷破土发芽
闻所未闻的劳动制度、薪酬制度、住房制度
和企业股份制,成为改革开放的"试管"和"模式"
第一家私营企业,第一本个人房产证
第一辆私人汽车,第一张上市公司股票……

蛇口,这片十平方千米的实验田
诠释着一个一穷二白的民族快速崛起的
深圳速度

去光明

桃花易谢,春风从来不肯等人
远人、王国华、聂作平在光明等我
上次在红花山顶,谈笑风生
我们沐风浴雨,俯瞰人间,视满目喧嚣于无物

人们的脚步总是匆匆忙忙,却常常只是在
原地打转。刹车踏板上有来自四面八方的力量
顾虑,顾忌,让踮着油门的脚尖虚脱,发软

很欣慰。我换上了一双轻便圆口布鞋,去光明
与兄弟谈情,看他们饮酒,听一首能要老命的歌
任由光阴在酒杯里慢慢靠岸

车水马龙擦肩而过,有些事物离我越来越远
有些事物我还会紧追不舍,后视镜我就不必看了

想超车的请便,我攥紧方向盘,盯着实线、虚线

青葱的树木在两旁随风起舞,这些给点阳光
就能绽放鲜艳花朵的植物,拥有一颗强大的内心
去年被台风折断的枝丫,又早早发出了新芽

她在，故我在（后记一）

与她相亲相爱，没日没夜
我已不需要罗列任何理由或借口
她身上的众多特质，着实令人
不能自持。至于她待不待见我，或者拿什么
兑付我的痴情，这已经不那么重要了

打老远从湘中红色丘陵，风尘仆仆赶来
风里来雨里去与她厮守三十余载
为她使劲挥汗、协心勠力，与她同呼吸共命运
影形不离，且从未萌生过
要舍她而去的念头。哪怕片刻
——这就够了

她曾经接纳过许许多多的人

她曾经也拒绝过许许多多的人
许许多多的人曾经激情万丈地投入她的怀抱
许许多多的人又绝望决绝地离她而去
而路上，坚毅、徘徊、犹豫、磨叽的身影
络绎不绝

像我这种死心塌地的追求者
日积月累地骤增，令这个当初寂寥落寞
三万来人的边陲小镇，人丁兴旺
眼下已经突破了两千三百多万人口，俨然
已是个民族融合的大家庭
尤其是她永不驻足的创新能力
在这片古老大地上一骑绝尘，无出其右者
无数的追逐者心甘情愿地为她挑灯夜战
为她废寝忘食、为她添砖加瓦，为她尽职尽责
竭尽所能地给自己添彩

可她却从来没有自我沉醉

曾经我喝醉过酒
醒来后，我的世界都断片了
——脑海一片空白

山外有山楼外楼

时刻保持头脑清醒、不可忘乎所以是何等重要!

深山幽谷,唯有低洼处

耐得住寂寞的沟壑

才能培养出矗立千年的参天大树,巍峨挺拔

风吹自鸣的沙丘,往往空旷无物

海市蜃楼抵挡不住一阵风沙

某日清晨醒来

突然想对她倾诉点什么

她所挥洒的四十年光阴,闪烁的光芒

照亮和温暖着这里的每一个人

让我有种不吐不快之感

我知道,我的思想的触手贫瘠而乏力

但我还是在惶恐中提起苍白的思绪

她值得

我为之费心劳神地搜肠刮肚

我们理应铭记那个如火如荼、万象更新

生机勃勃的年代

篱笆徐徐开启,我们终于可以沐浴

一丝清风甘霖,我们的精神
接受了一次世纪洗礼
改革开放让我们的思想与世界接轨
我们的脚步才得以连通四海,驰骋天下

我们自此知晓了天下之大,他山石之
巍峨壮丽。我与成千上万
普通的芸芸众生一样,凭自己的勤劳双手
至少再也用不着饿着肚子
数着耀眼的星星,垫着破草席辗转难眠

我们都曾为闭关锁国,愚昧无知
付出惨痛代价。谁还愿意
继续成为那些面黄肌瘦、呆若木鸡、失魂落魄的廉价
代价?
井底之蛙的悲凉,经不起阳光的晾晒

我想我的情感是真挚而发自肺腑的
她也不需要谄媚和拔高
干净、整洁、端庄、靓丽、朝气蓬勃、春风化雨
人们意气风发、街道鲜花簇拥、大厦直插云霄
经济蒸蒸日上,风景独好……

爱美之心人皆有之，尤其是
这件美轮美奂、生机盎然的"作品"上，闪烁着
我们自己的汗珠、热血和智慧

她并非出自名门望族，是从寒门中
一步一个脚印走出来的
她的励志故事理当受到世人的尊崇。当初
在同一条起跑线上的姐妹
她的资质普通，如今
唯她出落得青春靓丽、亭亭玉立、倾国倾城
耸立在世界的东方——

南海边的小渔村，饱受贫困
和不测风云的蹂躏
她曾经窘迫得衣不蔽体，身无长物
苦不堪言的人们纷纷弃她而去
把破篮球抑或被废弃的铁油罐，当成
救命稻草，沧海泅渡
背井离乡去乞求温饱，哪怕是落得
命运在大海上随波逐浪

而热带风暴也是从不怜爱弱小

我刚来到她身边不久
就领教了十级台风的下马威
隔壁宿舍的窗户忘记关得严丝合缝
骤风过后,整个窗户的铝合金框和玻璃都不辞而别
多么的决绝

她后来发生翻天覆地的变化
"时间就是金钱,效率就是生命"
让人心悦诚服,投袂而起
我们在创新、雕琢、完美、升华她的同时
也提升、丰满了自己

她的所有的缔造者,都理应被岁月铭刻
包括:那些笑着的、哭着的、兴高采烈的
心灰意懒的、异想天开的、踌躇满志的
野心勃勃的、脚踏实地的……
是这些基因,赋予她与众不同的气质

当然,她也许刻薄过人
就像她恩泽过人一样
有人曾说这里的灯红酒绿,像满口金牙
这个譬喻生动而惊世骇俗

一个历经贫寒和沧桑的人，手头有了点积蓄
买件名牌服饰，挎了个时尚包包
我们何必要予以苛求？

我们要给予她足够的耐心和时间。譬如说
我就喜欢买一条"H"字头的皮带
系在皮肉松弛的赘腰上
我想我不会在乎他人的指手画脚
有时候，我们需要给自己创造机会
不断地自我修正

诚然，她也并非尽善尽美
仿佛一个进城务工挣了一些票子的村姑
青涩，还需要时间来沉淀和修养
我打心底喜欢她，并不是一定要奢求丰厚回报
要夺得她的全部

就如同我仰慕从洗碗工走出来的
音色浑厚圆润、胜似绕梁天籁
没有绯闻和炒作，低调得仿佛寰宇空无一物的
著名歌唱家降央卓玛一样
我把我的这份心思珍藏，深埋心底

不让她知道
想她的时候,我就轻轻地哼一哼
她的《西海情歌》,陶醉在自个儿的世界

这份爱从没打算出售,所以无价

《深圳叙事》也是我唱给深圳
和深圳人的情歌。不是赞歌。至于用情多深
这是我的秘密,无可奉告
至于谁听见谁没有听见,动不动听,悦不悦耳
是愉悦还是厌恶,像喝茶,抑或饮酒?
那就不关我什么事了

该下的雨迟早会来,就像朝阳每天从东方升起
准时,分秒不差,从不迟到

我想做的,已做了
做,比说得天花乱坠重要
三十多年前,我奔她而来的景象,仿佛是昨天
但我最在乎的,是她的明天

2020.8.4 草就
2020.10.15 改定

至少，我还有诗和远方（后记二）

1

很多选择，很难选择
当一颗自由的种子，开始在心中萌动，我知道
这无法抗拒

海阔天空，不论鱼儿游得多么畅快
海床才是它的最终归宿
鸟儿飞得再高再远，终究要回归苍茫大地
飞翔只是一种手段，不是目的

早九晚五，不可能是生活的全部
但要挥一挥手，又十分不易

要跟那些熟悉的优越感告别，需要勇气
人生最难解答的方程式，应该是什么时候放弃
生活最不愿意翻开的课本，叫作割舍

能读懂自己的人，少之又少
除非，不得已而为之

2

有些玩蹦极的人，心和眼泪
一起在飞。一辈子谨小慎微，与人为善
最亲密的子弹，往往最具攻击力
虽然没有对不起任何人，善良决定着言行
爱是自私的，恨亦是自私的

二月的深圳，阳光和煦
而有一股寒风夹带着冷雨，在天空
一直下着。当一个人不知道甜蜜来自哪里
不知道心安放在何处，不知道爱是需要经营和付出
一味地索取，无休无止
不知道汗水中饱含苦涩的盐分
不知道体谅别人的辛勤付出

不知道言辞能伤人于无形,无所顾忌地耍着性子
言不由衷,出尔反尔
那么悲剧已然奠定,如果不走出自己的漩涡
这辈子都将生活在仇恨里
幸福,可能会绕道而行

世界上最可怕的事,莫过于手足相欺
最可憎的手段莫过于利用亲情
神不知鬼不觉地演戏
最可怜的人莫过于灵魂受制于人
自己却浑然不知
当极尽所能地网罗一些恶毒的陈辞滥调
来伤害一场告别,不计后果
受伤最深的人往往是自己,还有亲人

不管谣言拥有多么大的杀伤力
面对真相,终会烟消云散
无论寒风如何凛冽,也只能绑架江海于一时
无形之水卓荦不羁,不失滔滔
阳光下,万物皆有生存之道

佛说,人一生下来就是为受苦受难

所以需要修行。贤者曰

人活着,每一天都在朝着死亡

蹒跚前行,所以需要学会自我救赎

放下昨天和明天,智者

把今天过成一种仪式。有一个门槛

曾经总是迈不过去,仿佛站在虚拟的高处

身后的土壤虽然已是了无生机

面前亦疑似悬崖峭壁,纵身一跃

也许会粉身碎骨,也许是浩瀚无垠的一片蓝海

(大海是生命的摇篮,亦是生命的坟墓

——就像爱情

既孕育浪漫和甜蜜,也能埋葬信任和福祉)

不论结局如何,都是一种解脱

3

1989 年 7 月的某一天,我的青春

觅得一片肥沃的土壤,拥有百万追求者的宝安县

予以一隅之地,任其肆意绽放

胜似阳光下摇曳的、红艳艳的簕杜鹃

她给予我发芽、破土、向上生长和绽开的渴望

也给我上了人生第一课，让我知道

苍穹之下有蓝天、白云、阳光

还有风雨霜雪和雾霾

有包容、正直、善良、境界、格局

还有局限、权谋、笑里藏刀、皮笑肉不笑

世上有的人情世故，这里全有

这一堂课，我用时三年，有得无失

我收获了经验、教训、苦痛、无助、迷茫

更多的是温暖、关爱、友谊、帮助

拓宽了心胸和视野

让我知道了什么叫喜怒哀乐、大千世界

一个青涩男孩满头蓬松浓密的乌发，已然启程

奔向大地的怀抱

4

俗话说，一方水土养一方人

土壤决定生长栋梁、柴火或是牛羊的口粮

在《深圳劳动时报》，我从一个男孩变成一个男人

知道了责任、痛苦、忍耐、豁达、坚强、等待

我看清了自己骨子里藏着的东西

是什么颜色

成长所要付出的代价,除了时间、毅力、耐心
还需要运气和时机

5

民生银行
大家努力的方向明确,相对简单、纯粹
只要肯干巧干、吃苦耐劳、勤奋努力,就有机会
她需要成绩,我需要成长

有人夸下海口,说给他一个支点
他可以撬动地球
凡人没有那么大的能耐,终究
我咽下去的只是生米煮成的熟饭,不是仙丹
但我把"商贷通"这个产品,做到极致
年年量增质优,在全国系统内排名名列前茅
再以点带面,全面推进
改变了中心区支行的艰难面貌,开始为社会贡献效益
各种荣誉、掌声和鲜花扑面而来
全国各地和深圳的兄弟单位,纷纷前来观摩学习

我们开始输出干部,以至于
我们自己的人手,常常捉襟见肘
强调困难,阻止别人进步
无疑是另外一种自私
送人玫瑰,手留余香,这是我们的底线
领导们竖起大拇指,说中心区支行
成了深圳民生的"黄埔军校"
众人拾柴火焰高。便是我们的"校训"
我们彼此心领神会
大家心往一处想,力往一处使
默契、互助、友善、心心相印,拧成一股绳
团结协作就是我们争取胜利的法宝
那些年,我们把深圳大大小小的山头,踩在脚下
是为提振士气,登高望远

我们对得起这份嘱托和信任,我们没有让自己失望
我们在打造自己的梦,我们是深圳梦的延续

6

人敬我一尺,我敬人一丈

只栽花，不种刺，我几乎没有跟人红过脸
遇到跨不过的沟坎，最多是走些弯路
没害过人，也没防过人
在喧嚣的世界，安静是一种修行
即便是偶尔吃点亏受点委屈，也算不了什么
权当是放血疗伤，有益于身心健康

我成全过许多人，只要力所能及，就绝不孤寒
尤其是在底层艰难前行的年轻人
哪怕是给他一个坚定的眼神，可能会改变其一生
挫折时偶遇的帮助，胜似雨后彩虹
我感同身受。在别人
需要温暖的时候，我愿意伸出双手
哪怕常常是心有余而力不足
当我决定挥手隐去时，曾经在一个战壕里
同甘共苦的兄弟姐妹
争相要抚慰一个闲云野鹤
崇尚简单，反对铺张，而这份心意我欣然领受
这是命运对善良的最好奖励

适时隐去，不是畏惧山高水远
更不是向岁月投降

白雪只有挣脱羁绊,才能成为活水
在春天里,自由自在地向着心仪的方向
快乐地流淌,无忧无虑

7

笨鸟先飞。我常常以此鼓励自己
从苟延残喘到全国系统内小微企业贷款的标杆
我们只用了短短两年时间
不好吃喝、不贪功冒进,远离邪恶和欲念
筑牢不良嗜好的篱笆,累计批放
许多百亿元的小微贷款,迄今没有一分钱的烂账
没有留下阴影、愧疚和遗憾

我们的干部和业务骨干,纷纷走上重要领导岗位
有我主动推荐的,也有被兄弟单位挖的墙角
我们都开心得像个孩子,欢迎加欢送
我也收到过几家银行递过来的橄榄枝,步子还能
更上一层楼,都被我一一婉拒了——
这并不代表我对民主银行忠贞不贰,而是
我始终忠诚于自己的内心
但我对民生银行的那份感恩和爱,深埋心底

我深感自豪的是，自己从没向上级送过礼
没有给他们出过难题，保持着平平常常的正常关系
除了汇报工作，绝少往上面活动
甚至，不会拣好听的话说，不会谄媚和逢迎
没有刻意巴结过谁，也没有与谁过不去
远离尘嚣、远离算计、远离是非、远离烦恼
老老实实做人、埋头苦干做事
当我把自己有意隐去的决定，报告上级
我发觉自己辽阔的心坎里，没有丝毫的失落感

或许有人会认为李立真傻。是的
我只是想在自己清醒的时候，不做糊涂蛋
做一个简单、不饿肚子就开心的智力障碍者
其实挺好，一山更比一山高
长途跋涉，跌宕起伏
我深感欣慰的是，当繁华都离我远去的时候
至少，我还有诗和远方

8

曾经走过的路，曲折也好，平坦也罢

我都不再往后张望
谁对我友善,我谨记着他的好
我对不起谁的,也请别再放在心头
放下,是一种需要修炼的境界
前面的路,我只会选择阳光明媚的日子,出门
我会把风雨霜雪霾,统统关在门外

如果有来世,如果能选择
我依然会选择我的严父慈母,我保守而阳光的儿子
选择生我的大角卜村,选择红土丘陵湖南邵阳
选择梅田煤矿,选择生机勃勃的深圳特区
选择宝安县,选择《深圳劳动时报》
选择民生银行,选择祖祖辈辈生于斯长于斯
苦难深重而又沉默寡言的这片土地
选择风里来雨里去,不到黄河心不死的日日夜夜
也许还会考虑多选择一个选择
譬如趁年轻移步他处,看看更远处的风景

选择让我欲罢不能的缪斯,选择改革开放
选择拼搏、奋斗
选择艰苦创业,选择义无反顾
选择星夜兼程、砥砺前行

选择忐忑和失眠,选择汗水和泪水
不喝酒的我,为赌一口气,选择一口干完一瓶大曲
选择在办公室里度过一个个不眠之夜
选择委屈,选择疾病,选择叹息
选择心胸辽阔,选择目光坚毅,选择善良
在适当的时候,毅然决然地选择走进一场爱情
不管日后是收获甜蜜,还是痛苦
选择蓝天、白云、长路、高山、幽谷、大河、日出
选择邂逅高原的牛羊、骤雨、阳光、彩虹
选择奔波、选择流浪、选择背井离乡
选择在不经意间去一个陌生的地方浪迹一回
问一问月亮,家在何处
选择心中的战栗,选择战胜自己
选择在某个夜深人静的晚上,借着星光,以泪洗面
还会在年富力强的时候,选择毅然离去
选择自己,选择诗与远方

选择在一条崎岖不平的小路上,踽踽而行
选择原谅,选择遗忘,选择包容
选择一笑泯恩仇,选择与岁月握手言和

9

远方,或许有一座山、一片水、一幅画
一丝微风、一位佳人、一份心情
在等待与我邂逅
亦或许是挥之不去的孤独和寂寞

独守一盏青灯,需要缘分
拥有一座雪山和一片湖泊,需要毅力
走完一条蜿蜒长路,需要付出毕生的心血
坚守一份内心,需要战胜自己
活着的人,一直在与自己顽强战斗
——常常异常激烈,而我们
往往都会败下阵来,岁月总是战无不胜
这是谁也逃脱不了的结局

付出,不一定就有收获
忘却播种,铁定是颗粒无收
风调雨顺的日子不常有,天灾人祸终将逝去
远方,即便像闪电一样从心坎飞过
都打心底里觉得欣悦

物欲和虚荣,永无止境
而平凡的日子,只能一天一天地过
夜夜笙歌难免换来夜夜梦魇
秋风最先吹落的必然是被虫蛀过的黄叶

脚踏实地,心里不虚
悲怆地爱惜自己的羽翼,虔诚以待
尘嚣迟早落幕,不管你是深信不疑,还是疑窦丛生
阳光一定是在来的路上

10

高山之石,寒凉自知
有谁见过山巅之上长出茂密森林?
只有低洼的幽谷,才能出产千百年的参天大树
寂寥,也许就是智者的远方

2021.2.25 深圳